百年红学经典论著辑要 [第一辑]

王国维 蔡元培 胡适 鲁迅 卷

主编 叶朗 刘勇强 顾春芳

时代出版传媒股份有限公司
安徽教育出版社

图书在版编目（CIP）数据

百年红学经典论著辑要. 第一辑. 王国维、蔡元培、胡适、鲁迅卷 / 叶朗主编. —合肥:安徽教育出版社, 2020.12

ISBN 978-7-5336-9271-1

Ⅰ.①百… Ⅱ.①叶… Ⅲ.①《红楼梦》研究—文集 Ⅳ.①I207.411-53

中国版本图书馆CIP数据核字（2020）第2258392号

百年红学经典论著辑要（第一辑）·王国维、蔡元培、胡适、鲁迅卷
BAINIAN HONGXUE JINGDIAN LUNZHU JIYAO DI-YI JI
WANG GUOWEI CAI YUANPEI HU SHI LU XUN JUAN

出 版 人	费世平
策划编辑	钱　江
责任编辑	杨菁菁　黄　文　黄　俊
装帧设计	袁　泉
技术编辑	陈善军

出版发行:时代出版传媒股份有限公司　安徽教育出版社
地　　址:合肥市经开区繁华大道西路398号　邮编:230601
网　　址:http://www.ahep.com.cn
营销电话:(0551)63683012,63683013
排　　版:安徽时代华印出版服务有限责任公司
印　　刷:安徽新华印刷股份有限公司

开　　本:700×1000　1/16
印　　张:10.25
字　　数:100千字
版　　次:2020年12月第1版　2020年12月第1次印刷
定　　价:38.00元

（如发现印装质量问题,影响阅读,请与本社营销部联系调换）

目录

1　　总序 / 叶朗
3　　本卷导读 / 刘勇强

1　　**王国维**
　　　《红楼梦》评论

31　　**蔡元培**
　　　石头记索隐

85　　**胡适**
　　　红楼梦考证

133　　**鲁迅**
　　　清之人情小说
　　　清小说之四派及其末流

总　序

任何一门学术的研究，都要继承前辈学者的研究成果，这种成果表现为历史上积累下来的思想资料。这就是冯友兰先生说的"接着讲"。红学研究也不例外。红学之所以形成，就是因为一代又一代的研究《红楼梦》的学者，留下了无数珍贵的思想资料，后来的学者必须研究这些资料，才能将红学研究推向新的历史阶段。

我们在《红楼梦》研究的过程中发现，各类著述的版本杂多，使用起来不很方便，便萌生了编辑一套工具书的想法。但是因为百年来红学研究的论著卷帙浩繁，以我们有限的时间和精力，无法做到面面俱到。我与北京大学中文系刘勇强教授、北京大学艺术学院顾春芳教授商议后决定，整理编辑出版一套《百年红学经典论著辑要》，这样既能够方便红学学者的学术研究，也能突出百年红学研究的代表性论著，对红学研究有所推动。

2018年，我们正式启动了《百年红学经典论著辑要》的编辑工作。未料，这一工作困难很多，最费周折的就是原典的版权问题，幸有安徽教育出版社的大力支持、项目编辑的多方联络、原典著作权人的鼎力相助，这套书才能顺利出版。我们计划这套红学论著辑要分辑陆续编刊，使红学经典的阶段性、代表性得到尽可能全面的呈现。

我们聘请了多位红学专家为每本书撰写了导言，以方便读者尽快明了该书的好处和特色。这套书的编撰得到了来自红学界许多学者的关心和支持，在此我谨代表编写组，对所有关心这套书的编辑和出版的学者以及安徽教育出版社致以衷心的感谢。

叶　朗

2020年10月于燕南园

本卷导读

刘勇强

王国维、蔡元培、胡适和鲁迅在红学走向现代学术的过程中，有着不同的里程碑意义。

王国维的《〈红楼梦〉评论》作于1904年，他以叔本华哲学思想为理论基础，从"人生及美术之概观"入手，将《红楼梦》定位于"描写人生"的"绝大著作"加以审视，这是一个全然不同于以前《红楼梦》评点的崭新"标准"。

《〈红楼梦〉评论》最突出的观点是关于《红楼梦》乃"悲剧中之悲剧"的论述。他认为人生的痛苦都源于永远无法被完全满足的欲望，这注定了人生的本质就是一场"悲剧"。虽然王国维用叔本华的学说评论《红楼梦》，有牵强附会的地方，但他引入的"悲剧"概念，确实贴合这部小说的基本特点与思想价值。不但如此，他还从中国文化缺乏悲剧和悲剧精神的层面，强调《红楼梦》"大背于吾国人之精神，而其价值亦即存乎此"，也是极具阐释空间的新颖见解。

在具体分析中，王国维从故事情节、人物塑造等角度，探讨了小说的基本命意及美学、伦理学价值，也有富有启发的地方。比如他指出小说中"无蛇蝎之人物、非常之变故行于其间，不过通常之人情、通常之境遇为之"，而"凡此书中之人有与生活之欲相关系者，无不与苦痛相终始"，这样的认识，大体符合《红楼梦》的实际。总之，从伦理、美学等角度审视这部小说，为《红楼梦》的研究提供了一个全新的理论视角。而王国维将西方理论与中国古代文论进行融合的尝试，也为以后中国古代文学研究的理论方法提供了有意义的借鉴。而在此文的结尾，王国维提出"《红楼梦》自足为我国美术上之唯一大著述，则其作者之姓名与其著书之年月，固当为唯一考证之题目"，昭示了红学发展的另一重要方向，与后来"新红学"的追求相契合，显示出王国维敏锐的学术判断力。

蔡元培的《石头记索隐》代表了20世纪初红学发展的另一条路径。他的基本观点与思路体现在如下判断中：

> 《石头记》者，清康熙朝政治小说也。作者持民族主义甚挚。书中本事，在吊明之亡，揭清之失，而尤于汉族名士仕清者，寓痛惜之意。当时既虑触文网，又欲别开生面，特于本事以上，加以数层障幂，使读者有"横看成岭侧成峰"之状况。

这一论述，确定了《石头记》的"政治小说"属性，揭示了作者的思想基础和作品的基本内涵；同时也说明了作品的创作特点。《石头记索隐》全文就是对此论述的具体化。

虽然发掘微言大义是中国传统诠释学的思路,但将一部小说中的所谓隐射,提升到具体主旨意义,并将片言只语的简单猜谜扩展为较为完整系统的论述,甚至归纳出一套索隐式研究法,这是蔡元培努力的结果。这种努力实际上也影响了同时及以后的"索隐"红学。"索隐"红学的最大问题可能还不在于具体观点的主观猜测性,而在于按照这种思想方法,《红楼梦》的艺术性被极力扭曲,甚至消解了,阅读成了一种"笨伯猜谜"式的智力游戏或者苦差使。

当然,蔡元培强调《红楼梦》有"反清排满"的政治动机,带有那个时代的特点,而且他始终是把这一见解当成学术观点来论述的。虽然今天看来,他的论述还有明显的不足,但他不固执己见、平等对待争论的态度,更具有一种可贵的学术精神。当1921年,胡适向索隐派发起挑战时,蔡元培实际上是处于下风的,他却始终坚持自己的看法,曾为寿鹏飞认定小说影射清世宗与诸兄弟争立的《红楼梦本事辨证》作序,直到在1940年的《自写年谱》中,他还声明:"我自信这本索隐,决不是牵强附会的。"另一方面,他又虚心地向对手显示出学术争论应有的开放态度。胡适晚年在回顾这场争论时,曾颇有感慨地说:"当年蔡先生的《红楼梦索隐》,我曾说了许多批评的话。那时蔡先生当校长,我当教授,但他并不生气,他有这种雅量。"(宋广波编校《胡适红学研究资料全编》第427页)不但如此,蔡元培还帮胡适借到了其久寻不遇的《四松堂集》刻本,为胡适解决了有关曹雪芹生平的一些问题。从某种意义上甚至可以这样说,正是在与索隐派的论争中,胡适的新红学才走上了更严密的方向。

胡适1921年撰写的《红楼梦考证》开创了红学研究的新时代,胡适在此文的开篇即批评了旧红学,认为"他们不去搜求那些可以考定《红楼梦》的著者、时代、版本等等的材料,却去收罗许多不相干的零碎史事来附会《红楼梦》里的情节"。他通过考证,初步论定了《红楼梦》作者和版本的如下重要认识:《红楼梦》的作者是曹雪芹,他是汉军正白旗人,曹寅的孙子,曹頫的儿子。曹家极盛时,曾四次接驾,大概因亏空得罪被抄没。而曹雪芹也曾经历过一段繁华绮丽的生活,后来生活十分贫困。《红楼梦》就是曹雪芹在家世衰败后所写,时间大概在乾隆初年(1736)到乾隆三十年(1765)左右,书未写完曹雪芹便死了。《红楼梦》是一部隐去真事的自叙,里面的甄贾两宝玉,即是曹雪芹自己的化身,甄贾两府则有曹家的影子。上述观点在前人著作中虽然也间有提及,而胡适的考证更为具体、系统。与此相关,胡适对甲戌本发现、对程伟元和高鹗及后四十回的评估,也有诸多发现,从而形成了对《红楼梦》作者、生平、创作、版本的完整认识。这些认识经后人不断修正、发挥,依然是现今《红楼梦》研读的重要基础。

对《红楼梦》的思想价值与艺术特点,胡适有一个基本的判断:

《红楼梦》只是老老实实的描写这一个"坐吃山空""树倒猢狲散"的自然趋势。因为如此,所以《红楼梦》是一部自然主义的杰作。那班猜谜的红学大家不晓得《红楼梦》的真价值正在这平淡无奇的自然主义的上面,所以他们偏要绞尽心血去猜那想入非非的笨谜,所以他们偏要用尽心思去替《红楼梦》加上一层极不自然的解释。

这一判断相较于索隐派乃至求之过深的王国维《〈红楼梦〉评论》,都显得更为平易而贴近小说的本质。只不过,所谓"老老实实"并非简单的"平淡无奇",在揭示《红楼梦》丰富的精神底蕴方面,胡适的贡献是"破"大于"立"的。

需要说明的是,胡适的红学研究的意义还不仅限于《红楼梦》。一方面,他特别强调研究方法,主张大胆假设、小心求证,有一分证据说一分话,把《红楼梦》考证当成科学研究方法的实验与示范。

另一方面,他的《红楼梦考证》与他此前已写的《水浒传考证》和此后对《西游记》《三国志演义》《三侠五义》《官场现形记》《儿女英雄传》《海上花列传》《镜花缘》等作品的考证,是一个持续扩容的学术系列,构成了对明清小说研究的整体态势,对中国古代小说研究学科的产生起了重要的推动作用。不过,他的考证主要还是以文献征实为目的的,具体研究也局限于单部作品,还并没有形成自觉的小说史观念,这一观念是通过鲁迅的研究才真正建立起来的。

鲁迅虽然没有专门的红学论著,但他的《中国小说史略》中的《清之人情小说》及《中国小说的历史的变迁》中的《清小说之四派及其末流》,充分表现了他对《红楼梦》的准确判断。

鲁迅在《中国小说史略》中,对历史上各种红学观点,特别是索隐诸说作了简明扼要的评论,认为都是"悠谬不足辩"的说法,他的这一认识在很大程度上是对新红学的呼应与采信。同时,他对"《红楼梦》乃作者自叙"的说法,也大体认同。

不过,鲁迅对《红楼梦》的看法有两个重要特点。一是重视小说创作的文学特性,对人物的心理有精确的分析。基于当时的研究,他虽然也认可《红楼梦》里贾宝玉的模特儿是作者曹霑自己,如同《儒林外史》里马二先生的模特儿是冯执中,但是人物形象一旦完成,就具有了独立的文学意义,"现在我们所觉得的却只是贾宝玉和马二先生,只有特种学者如胡适之先生之流,这才把曹霑和冯执中念念不忘的记在心儿里"(《且介亭杂文末编·〈出关〉的"关"》)。所以,他对小说叙事特点的揭示,如认为《红楼梦》"正因写实,转成新鲜",而"续书虽亦悲凉,而贾氏终于'兰桂齐芳',家业复起,殊不类茫茫白地,真成干净者矣";对人物心理的把握如指出宝玉"爱博而心劳,而忧患亦日甚矣","悲凉之雾,遍被华林,然呼吸而领会之者,独宝玉而已"等,都十分准确和有启发性。

另一个特点是,鲁迅具有小说史的全局观,兼顾"先之人情小说"及后之众多续作,强调《红楼梦》"摆脱旧套",认为"《红楼梦》的价值,可是在中国底小说中实在是不可多得的。其要点在敢于如实描写,并无讳饰,和从前的小说叙好人完全是好,坏人完全是坏的,大不相同,所以其中所叙的人物,都是真的人物。总之自有

《红楼梦》出来以后,传统的思想和写法都打破了"。这一论断,成为后来《红楼梦》思想艺术研究的一个重要指针。

鲁迅关于《红楼梦》有一段名言:

> 单是命意,就因读者的眼光而有种种:经学家看见《易》,道学家看见淫,才子看见缠绵,革命家看见排满,流言家看见宫闱秘事……(《集外集拾遗·〈绛洞花主〉小引》)

这段话既是对历史上《红楼梦》种种异说的批判,客观上又揭示了人们对这部小说的阐释存在各种可能性。而王国维、蔡元培、胡适、鲁迅等一代伟人的研究,呈现出了理论的、索隐的、考证的、小说史的不同面貌与追求,也印证了这种可能性。

王国维 《红楼梦》评论

第一章　人生及美术之概观

老子曰："人之大患，在我有身。"庄子曰："大块载我以形，劳我以生。"忧患与劳苦之与生，相对待也久矣。夫生者，人人之所欲；忧患与劳苦者，人人之所恶也。然则讵不人人欲其所恶，而恶其所欲欤？将其所恶者固不能不欲，而其所欲者，终非可欲之物欤？人有生矣，则思所以奉其生：饥而欲食，渴而欲饮，寒而欲衣，露处而欲宫室；此皆所以维持一人之生活者也。然一人之生，少则数十年，多则百年而止耳。而吾人欲生之心，必以是为不足。于是于数十百年之生活外，更进而图永远之生活：时则有牝牡之欲，家室之累；进而育子女矣，则有保抱、扶持、饮食、教诲之责，婚嫁之务。百年之间，早作而夕思，穷老而不知所终，问有出于此保存自己及种姓之生活之外者乎？无有也。百年之后，观吾人之成绩，其有逾于此保存自己及种姓之生活之外者乎？无有也。又人人知侵害自己及种姓之生活者之非一端也，于是相集而成一群，相约束而立一国，择其贤且智者以为之君，为之立法律以治之，建学校以教之，为之警察以防内奸，为之陆海军以御外患，使人人各遂其生活之欲而不相侵害：凡此皆欲生之心之所为也。夫人之于生活也，欲之如此其切也，用力如此其勤也，设计如此其周且至也，固亦有其真可欲者存欤？吾人之忧患劳苦，固亦有所以偿之者欤？则吾人不得不就生活之本质熟思而审考之也。

生活之本质何？"欲"而已矣。欲之为性无厌，而其原生于不足。不足之状态，苦痛是也。既偿一欲，则此欲以终。然欲之被偿者一，而不偿者什百。一欲既终，他欲随之。故究竟之慰藉，终不可得也。即使吾人之欲悉偿，而更无所欲之对象，倦厌之情即起而乘之。于是吾人自己之生活，若负之而不胜其重。故人生者，如钟表之摆，实往复于苦痛与倦厌之间者也，夫倦厌固可视为苦痛之一种。有能除去此二者，吾人谓之曰快乐。然当其求快乐也，吾人于固有之苦痛外，又不得不加以努力，而努力亦苦痛之一也。且快乐之后，其感苦痛也弥深。故苦痛而无回复之快乐者有之矣，未有快乐而不先之或继之以苦痛者也。又此苦痛与世界之文化俱增，而不由之而减。何则？文化愈进，其知识弥广，其所欲弥多，又其感苦痛亦弥甚故也。然则人生之所欲，既无以逾于生活，而生活之性质又不外乎苦痛，故欲与生活、与苦痛，三者一而已矣。

吾人生活之性质既如斯矣，故吾人之知识遂无往而不与生活之欲相关系，即与吾人之利害相关系。就其实而言之，则知识者固生于此欲，而示此欲以我与外界之关系，使之趋利而避害者也。常人之知识，止知我与物之关系，易言以明之，止知物之与我相关系者，而于此物中又不过知其与我相关系之部分而已。及人知渐进，于是始知欲知此物与我之关系，不可不研究此物与彼物之关系。知愈大者，其研究愈远焉。自是而生各种之科学，如欲知空间之一部之与我相关系者，不可不知空间全体之关系，于是几何学兴焉。（按西洋几何学 Geometry 之本义，系量地之意，可知古代视为应用之科学，而不视为纯粹之科学也。）欲知力之一部之与我相关系者，不可不知力之全体关系，于是力学兴焉。吾人既知一物之全体之关系，又知此物与彼物之全体之关系，而立一法则焉，以应用之。于是物之现于吾前者，其与我之关系及其与他物之关系，粲然陈于目前而无所遁。夫然后吾人得以利用此物，有其利而无其害，以使吾人生活之欲增进于无穷。此科学之功效也。故科学上之成功，虽若层楼杰观，高严巨丽，然其基址则筑乎生活之欲之上，与政治上之系统立于生活之欲之上无以异。然则吾人理论与实际之二方面，皆此生活之欲之结果也。

由是观之，吾人之知识与实践之二方面，无往而不与生活之欲相关系，即与苦痛相关系。兹有一物焉，使吾人超然于利害之外，而忘物与我之关系。此时也，吾人之心无希望，无恐怖，非复欲之我，而但知之我也。此犹积阴弥月，而旭日杲杲也；犹覆舟大海之中，浮沉上下，而飘著于故乡之海岸也；犹阵云惨淡，而插翅之天使，赍平和之福音而来者也；犹鱼之脱于罾网，鸟之自樊笼出，而游于山林江海也。然物之能使吾人超然于利害之外者，必其物之于吾人无利害之关系而后可。易言以明之，必其物非实物而后可。然则非美术何足以当之乎！夫自然界之物，无不与吾人有利害之关系；纵非直接，亦必间接相关系者也。苟吾人而能忘物与我之关系而观物，则夫自然界之山明水媚，鸟飞花落，固无往而非华胥之国、极乐之土也。岂独自然界而已，人类之言语动作，悲欢啼笑，孰非美之对象乎？然此物既与吾人有利害之关系，而吾人欲强离其关系而观之，自非天才，岂易及此！于是天才者出，以其所观于自然人生中者复现之于美术中，而使中智以下之人，亦因其物之与己无关系而超然于利害之外。是故观物无方，因人而变：濠上之鱼，庄、惠之所乐也，而渔父袭之以网罟；舞雩之木，孔、曾之所憩也，而樵者继之以斤斧。若物非有形，心无所住，则虽殉财之夫，贵私之子，宁有对曹霸、韩干之马而计驰骋之乐，见毕宏、韦偃之松而思栋梁之用；求好逑于雅典之偶，思税驾于金字之塔者哉！故美术之为物，欲者不观，观者不欲；而艺术之美所以优于自然之美者，全存于使人易忘物我之关系也。

而美之为物有二种：一曰优美，一曰壮美。苟一物焉，与吾人无利害之关系，而吾人之观之也，不观其关系，而但观其物；或吾人之心中无丝毫生活之欲存，而其观物也，不视为与我有关系之物，而但视为外物，则今之所观者，非昔之所观者也。此时吾心宁静之状态，名之曰优美之情，而谓此物曰优美。若此物大不利于吾人，而吾人生活之意志为之破裂，因之意志遁去，而知力得为独立之作用，以深观其物，吾人谓此物曰壮美，而谓其感情曰壮美之情。普通之美，皆属前种。至于地狱变相之图，决斗垂死之像，庐江小吏之诗，雁门尚书之曲，其人固氓庶之所共怜，其遇虽戾夫为之流涕，讵有子颓乐祸之心，宁无尼父反袂之戚，而吾人观之，不厌千复。格代（今译歌德，下同）之诗曰：

What in life doth only grieve us,

That in art we gladly see.

凡人生中足以使人悲者,于美术中则吾人乐而观之。

此之谓也。此即所谓壮美之情;而其快乐存于使人忘物我之关系,则固与优美无以异也。

至美术中之与二者相反者,名之曰眩惑。夫优美与壮美,皆使吾人离生活之欲而入于纯粹之知识者。若美术中而有眩惑之原质乎,则又使吾人自纯粹知识出而复归于生活之欲。如粗粝蜜饵,《招魂》《七发》之所陈;玉体横陈,周昉、仇英之所绘;《西厢记》之《酬柬》,《牡丹亭》之《惊梦》;伶元之传飞燕,杨慎之赝《秘辛》:徒讽一而劝百,欲止沸而益薪。所以子云有"靡靡"之消,法秀有"绮语"之诃。虽则梦幻泡影,可作如是观,而拔舌地狱,专为斯人设者矣。故眩惑之于美,如甘之于辛,火之于水,不相并立者也。吾人欲以眩惑之快乐,医人世之苦痛,是犹欲航断港而至海,入幽谷而求明,岂徒无益,而又增之。则岂不以其不能使人忘生活之欲及此欲与物之关系,而反鼓舞之也哉!眩惑之与优美及壮美相反对,其故实存于此。

今既述人生与美术之概略如左,吾人且持此标准以观我国之美术。而美术中以诗歌、戏曲、小说为其顶点,以其目的在描写人生故。吾人于是得一绝大著作曰《红楼梦》。

第二章 《红楼梦》之精神

哀伽尔之诗曰：

Ye wise men, highly, deeply learned,
Who think it out and know,
How, when and where do all things pair?
Why do they kiss and love?
Ye men of lofty Wisdom, say
What happened to me then,
Search out and tell me where, how, when,
And why it happened thus.

嗟汝哲人，靡所不知，靡所不学，既深且跻。粲粲生物，罔不匹俦。各嚣厥唇，而相厥攸。匪汝哲人，孰知其故？自何时始，来自何处？嗟汝哲人，渊渊其知。相彼百昌，奚而熙熙？愿言哲人，诏余其故。自何时始，来自何处？

哀伽尔之问题，人人所有之问题，而人人未解决之大问题也。人有恒言曰："饮食男女，人之大欲存焉。"然人七日不食则死，一日不再食则饥。若男女之欲,则于一人之生活上,宁有害无利者也,而吾人之欲之也如此,何哉?吾人自少壮以后,其过半之光阴,过半之事业,所计画所勤勤者为何事?汉之成哀,曷为而丧其生?殷辛、周幽,曷为而亡其国?励精如唐玄宗,英武如后唐庄宗,曷为而不善其终?且人生苟为数十年之生活计,则其维持此生活,亦易易耳,曷为而其忧劳之度,倍蓰而未有已?记曰:"人不婚宦,情欲失半。"人苟能解此问题,则于人生之知识思过半矣。而蚩蚩者乃日用而不知,岂不可哀也欤!其自哲学上解此问题者,则二千年间,仅有叔本华之"男女之爱之形而上学"耳。诗歌、小说之描写此事者,通古今中西,殆不能悉数,然能解决之者鲜矣。《红楼梦》一书,非徒提出此问题,又解决之者也。彼于开卷即下男女之爱之神话的解释。其叙此书之主人公贾宝玉之来历曰:

> 却说女娲氏炼石补天之时,于大荒山无稽崖炼成高十二丈见方二十四丈大的顽石三万六千五百零一块。那娲皇只用了三万六千五百块,单单剩下一块未用,弃在青埂峰下。谁知此石自经锻炼之后,灵性已通,自去自来,可大可小。因见众石俱得补天,独自己无才,不得入选,遂自怨自艾,日夜悲哀。
>
> (第一回)

此可知生活之欲之先人生而存在,而人生不过此欲之发现也。此可知吾人之堕落,由吾人之所欲,而意志自由之罪恶也。夫顽钝者既不幸而为此石矣,又幸而不见用,则何不游于广漠之野、无何有之乡,以自适其适,而必欲入此忧患劳苦之世界,不可谓非此石之大误也。由此一念之误,而遂造出十九年之历史与百二十回之事实,与茫茫大士、渺渺真人何与?又于第百十七回中述宝玉与和尚之谈论曰:

> "弟子请问师父,可是从太虚幻境而来?"那和尚道:"什么幻境!不过是来处来,去处去罢了。我是送还你的玉来的。我且问你,你那玉是从那里来的?"宝玉一时对答不来。那和尚笑道:"你的来路还不知,便来问我!"宝玉本来颖悟,又经点化,早把红尘看破,只是自己的底里未知,一闻那僧问起玉来,好像当头一棒,便说:"你也不用银子了,我把那玉还你罢。"那僧笑道:"早该还我了!"

所谓"自己的底里未知"者,未知其生活乃自己之一念之误,而此念之所自造也。及一闻和尚之言,始知此不幸之生活,由自己之所欲;而其拒绝之也,亦不得由自己,是以有还玉之言。所谓玉者,不过生活之欲之代表而已矣。故携之红尘者,非彼二人之所为,顽石自己而已;引登彼岸者,亦非二人之力,顽石自己而已。此岂独宝玉一人然哉?人类之堕落与解脱,亦视其意志而已。而此生活之意志,其于永远之生活,比个人之生活为尤切;易言以明之,则男女之欲,尤强于饮食之欲。何则?前者无尽的,后者有限的也;前者形而上的,后者形而下的也。又如上章所说,生活之于苦痛,二者一而非二,而苦痛之度与主张生活之欲之度为比例。是故前者之苦痛,尤倍蓰于后者之苦痛。而《红楼梦》一书,实示此生活、此苦痛之由于自造,又示其解脱之道不可不由自己求之者出。

而解脱之道,存于出世,而不存于自杀。出世者拒绝一切生活之欲者也。彼知生活之无所逃于苦痛,而求入于无生之域。当其终也,恒干虽存,固已形如槁木,而心如死灰矣。若生活之欲如故,但不满于现在之生活,而求主张之于异日,则死于此者,固不得不复生于彼,而苦海之流,又将与生活之欲而无穷。故金钏之堕井也,司棋之触墙也,尤三姐、潘又安之自刎也,非解脱也,求偿其欲而不得者也。彼等之所不欲者,其特别之生活,而对生活之为物,则固欲之而不疑也。故此书中真正之解脱,仅贾宝玉、惜春、紫鹃三人耳。而柳湘莲之入道,有似潘又安;芳官之出家,略同于金钏。故苟有生活之欲存乎,则虽出世而无与于解脱;苟无此欲,则自杀亦未始非解脱之一者也。如鸳鸯之死,彼固有不得已之境遇在;不然,则惜春、紫鹃之事,固亦其所优为者也。

而解脱之中,又自有二种之别:一存于观他人之苦痛,一存于觉自己之苦痛。然前者之解脱,唯非常之人为能,其高百倍于后者,而其难亦百倍。但由其成功观之,则二者一也。通常之人,其解脱由于苦痛之阅历,而不由于苦痛之知识。唯非常之人,由非常之知力,而洞观宇宙人生之本质,始知生活与痛苦之不能相离,由是求绝其生活之欲,而得解脱之道。然于解脱之途中,彼之生活之欲，犹时时起而与之相抗，而生种种之幻影。所谓恶魔者，不过此等幻影之人物化而已矣。故通常之解脱，存于自己之苦痛，彼之生活之欲，因不得其满足而愈烈，又因愈烈而愈不得其满足，如此循环而陷于失望之境遇，遂悟宇宙人生之真相，遽而求其息肩之所。彼全变其气质而超出乎苦乐之外，举昔之所执著者，一旦而舍之。彼以生活为炉、苦痛为炭，而铸其解脱之鼎。彼以疲于生活之欲故，故其生活之欲，不能复起而为之幻影。此通常之人解脱之状态也。前者之解脱，如惜春、紫鹃；后者之解脱，如宝玉。前者之解脱，超自然的也，神秘的也；后者之解脱，自然的也，人类的也。前者之解脱，宗教的也；后者美术的也。前者平和的也；后者悲感的也，壮美的也，故文学的也，诗歌的也，小说的也。此《红楼梦》之主人公所以非惜春、紫鹃，而为贾宝玉者也。

呜呼，宇宙一生活之欲而已！而此生活之欲之罪过，即以生活之苦痛罚之：此即宇宙之永远的正义也。自犯罪，自加罚，自忏悔，自解脱。美术之务，在描写人生之苦痛与其解脱之道，而使吾侪冯生之徒于此桎梏之世界中，离此生活之欲之争斗，而得其暂时之平和，此一切美术之目的也。夫欧洲近世之文学中，所以推格代之《法斯德》为第一者，以其描写博士法斯德之苦痛及其解脱之途径最为精切故也。若《红楼梦》之写宝玉，又岂有以异于彼乎？彼于缠陷最深之中，而已伏解脱之种子：故听《寄生草》之曲，而悟立足之境；读《胠箧》之篇，而作焚花散麝之想。所以未能者，则以黛玉尚在耳，至黛玉死而其志渐决。然尚屡失于宝钗，几败于五儿，屡蹶屡振，而终获最后之胜利。读者观自九十八回以至百二十回之事实，其解脱之行程，精进之历史，明了真切何如哉！且法斯德之苦痛，天才之苦痛；宝玉之苦痛，人人所有之苦痛也。其存于人之根柢者为独深，而其希救济也为尤切，作者一一掇拾而发挥之。我辈之读此书者，宜如何表满足感谢之意哉！而吾人于作者之姓名，尚未有确实之知识，岂徒吾侪寡学之羞，亦足以见二百余年来，吾人之祖先对此宇宙之大著述如何冷淡遇之也。谁使此大著述之作者不敢自署其名？此可知此书之精神大背于吾国人之性质，及吾人之沈溺于生活之欲，而乏美术之知识有如此也。然则，予之为此论，亦自知有罪也矣。

第三章 《红楼梦》之美学上之价值

如上章之说，吾国人之精神，世间的也，乐天的也，故代表其精神之戏曲、小说，无往而不著此乐天之色彩：始于悲者终于欢，始于离者终于合，始于困者终于亨；非是而欲餍阅者之心，难矣。若《牡丹亭》之返魂，《长生殿》之重圆，其最著之一例也。《西厢记》之以惊梦终也，未成之作也，此书若成，吾乌知其不为《续西厢》之浅陋也？有《水浒传》矣，曷为而又有《荡寇志》？有《桃花扇》矣，曷为而又有《南桃花扇》？有《红楼梦》矣，彼《红楼复梦》《补红楼梦》《续红楼梦》者，曷为而作也？又曷为而有反对《红楼梦》之《儿女英雄传》？故吾国之文学中，其具厌世解脱之精神者，仅有《桃花扇》与《红楼梦》耳。而《桃花扇》之解脱，非真解脱也：沧桑之变，目击之而身历之，不能自悟，而悟于张道士之一言；且以历数千里，冒不测之险，投缧绁之中，所索之女子才得一面，而以道士之言，一朝而舍之，自非三尺童子，其谁信之哉？故《桃花扇》之解脱，他律的也；而《红楼梦》之解脱，自律的也。且《桃花扇》之作者，但借侯、李之事，以写故国之戚，而非以描写人生为事。故《桃花扇》，政治的也，国民的也，历史的也；《红楼梦》，哲学的也，宇宙的也，文学的也。此《红楼梦》之所以大背于吾国人之精神，而其价值亦即存乎此。彼

《南桃花扇》《红楼复梦》等,正代表吾国人乐天之精神者也。

《红楼梦》一书与一切喜剧相反,彻头彻尾之悲剧也。其大宗旨如上章之所述,读者既知之矣。除主人公不计外,凡此书中之人有与生活之欲相关系者,无不与苦痛相终始,以视宝琴、岫烟、李纹、李绮等,若藐姑射神人,复乎不可及矣。夫此数人者,曷尝无生活之欲,曷尝无苦痛?而书中既不及写其生活之欲,则其苦痛自不得而写之;足以见二者如骖之靳,而永远的正义无往不逞其权力也。又吾国之文学,以挟乐天的精神故,故往往说诗歌的正义,善人必令其终,而恶人必离其罚:此亦吾国戏曲、小说之特质也。《红楼梦》则不然:赵姨、凤姐之死,非鬼神之罚,彼良心自己之苦痛也。若李纨之受封,彼于《红楼梦》十四曲中,固已明说之曰:

〔晚韶华〕镜里恩情,更那堪梦里功名!那美韶华去之何迅。再休题绣帐鸳衾,只这戴珠冠,披凤袄,也抵不了无常性命。虽说是人生莫受老来贫,也须要阴骘积儿孙。气昂昂头戴簪缨,光灿灿胸悬金印,威赫赫爵禄高登,昏惨惨黄泉路近。问古来将相可还存?也只是虚名儿与后人钦敬。(第五回)

此足以知其非诗歌的正义,而既有世界人生以上,无非永远的正义之所统辖也。故曰《红楼梦》一书,彻头彻尾的悲剧也。

由叔本华之说,悲剧之中又有三种之别:第一种之悲剧,由极恶之人,极其所有之能力以交构之者。第二种,由于盲目的运命者。第三种之悲剧,由于剧中之人物之位置及关系而不得不然者;非必有蛇蝎之性质与意外之变故也,但由普通之人物、普通之境遇逼之,不得不如是;彼等明知其害,交施之而交受之,各加以力而各不任其咎。此种悲剧,其感人贤于前二者远甚。何则?彼示人生最大之不幸,非例外之事,而人生之所固有故也。若前二种之悲剧,吾人对蛇蝎之人物与盲目之命运,未尝不悚然战栗;然以其罕见之故,犹幸吾生之可以免,而不必求息肩之地也。但在第三种,则见此非常之势力,足以破坏人生之福祉者,无时而不可坠于吾前;且此等惨酷之行,不但时时可受诸己,而或可以加诸人;躬丁其酷,而无不平之可鸣:此可谓天下之至惨也。若《红楼梦》,则正第三种之悲剧也。兹就宝玉、黛玉之事言之:贾母爱宝钗之婉嫕而惩黛玉之孤僻,又信金玉之邪说,而思压宝玉之病;王夫人固亲于薛氏;凤姐以持家之故,忌黛玉之才而虞其不便于己也;袭人惩尤二姐、香菱之事,闻黛玉"不是东风压倒西风,就是西风压倒东风"(第八十一回)之语,惧祸之及,而自同于凤姐,亦自然之势也。宝玉之于黛玉,信誓旦旦,而不能言之于最爱之之祖母,则普通之道德使然;况黛玉一女子哉!由此种种原因,而金玉以之合,木石以之离,又岂有蛇蝎之人物、非常之变故行于其间哉?不过通常之道德、通常之人情、通常之境遇为之而已。由此观之,《红楼梦》者,可谓悲剧中之悲剧也。

由此之故,此书中壮美之部分,较多于优美之部分,而眩惑之原质殆绝焉。作者于开卷即申明之曰:

更有一种风月笔墨，其淫秽污臭，最易坏人子弟。至于才子佳人等书，则又开口文君，满篇子建，千部一腔，千人一面，且终不能不涉淫滥。在作者不过欲写出自己两首情诗艳赋来，故假捏男女二人名姓，又必旁添一小人拨乱其间，如戏中小丑一般。（此又上节所言之一证）

兹举其最壮美者之一例，即宝玉与黛玉最后之相见一节曰：

那黛玉听着傻大姐说宝玉娶宝钗的话，此时心里竟是油儿酱儿糖儿醋儿倒在一处的一般，甜苦酸咸，竟说不上什么味儿来了……自己转身，要回潇湘馆去，那身子竟有千百斤重的，两只脚却像踏着棉花一般，早已软了。只得一步一步慢慢的走将下来。走了半天，还没到沁芳桥畔，脚下愈加软了。走的慢，且又迷迷痴痴，信着脚从那边绕过来，更添了两箭地路。这时刚到沁芳桥畔，却又不知不觉的顺着堤往回里走起来。紫鹃取了绢子来，却不见黛玉。正在那里看时，只见黛玉颜色雪白，身子恍恍荡荡的，眼睛也直直的，在那里东转西转……只得赶过来轻轻的问道："姑娘怎么又回去？是要往那里去？"黛玉也只模糊听见，随口答道："我问问宝玉去。"紫鹃只得搀他进去。那黛玉却又奇怪了，这时不似先前那样软了，也不用紫鹃打帘子，自己掀起帘子进来……见宝玉在那里坐着，也不起来让坐,只瞧著嘻嘻的呆笑。黛玉自己坐下,却也瞧着宝玉笑。两个也不问好,也不说话,也无推让,只管对着脸呆笑起来,忽然听着黛玉说道:"宝玉!你为什么病了?"宝玉笑道:"我为林姑娘病了。"袭人、紫鹃两个,吓得面目改色,连忙用言语来岔。两个却又不答言,仍旧呆笑起来……紫鹃挽起黛玉,那黛玉也就站起来,瞧着宝玉,只管笑,只管点头儿。紫鹃又催道:"姑娘回家去歇歇罢!"黛玉:"可不是,我这就是回去的时候儿了!"说着,便回身笑着出来了。仍旧不用丫头们搀扶,自己却走得比往常飞快。(第九十六回)

如此之文,此书中随处有之,其动吾人之感情何如?凡稍有审美的嗜好者,无人不经验之也。

《红楼梦》之为悲剧也如此。昔雅里大德勒于《诗论》中,谓悲剧者,所以感发人之情绪而高上之,殊如恐惧与悲悯之二者,为悲剧中固有之物,由此感发,而人之精神于焉洗涤。故其目的,伦理学上之目的也。叔本华置诗歌于美术之顶点,又置悲剧于诗歌之顶点;而于悲剧之中,又特重第三种,以其示人生之真相,又示解脱之不可已故。故美学上最终之目的,与伦理学上最终之目的合。由是,《红楼梦》之美学上之价值,亦与其伦理学上之价值相联络也。

第四章 《红楼梦》之伦理学上之价值

自上章观之,《红楼梦》者,悲剧中之悲剧也。其美学上之价值即存乎此。然使无伦理学上之价值以继之,则其于美术上之价值尚未可知也。今使为宝玉者,于黛玉既死之后,或感愤而自杀,或放废以终其身,则虽谓此书一无价值可也。何则?欲达解脱之域者,固不可不尝人世之忧患;然所贵乎忧患者,以其为解脱之手段故,非重忧患自身之价值也。今使人日日居忧患,言忧患,而无希求解脱之勇气,则天国与地狱彼两失之;其所领之境界,除阴云蔽天,沮洳弥望外,固无所获焉。黄仲则《绮怀》诗曰:

如此星辰非昨夜,为谁风露立中宵?

又其卒章曰:

结束铅华归少作,屏除丝竹入中年。
茫茫来日愁如海,寄语羲和快着鞭。

其一例也。《红楼梦》则不然,其精神之存于解脱,如前二章所说,兹固不俟喋喋也。

然则解脱者，果足为伦理学上最高之理想否乎？自通常之道德观之，夫人知其不可也。夫宝玉者，固世俗所谓绝父子、弃人伦、不忠不孝之罪人也。然自太虚中有今日之世界，自世界中有今日之人类，乃不得不有普通之道德，以为人类之法则。顺之者安，逆之者危；顺之者存，逆之者亡。于今日之人类中，吾固不能不认普通之道德之价值也。然所以有世界人生者，果有合理的根据欤？抑出于盲目的动作，而别无意义存乎其间欤？使世界人生之存在，而有合理的根据，则人生中所有普通之道德，谓之绝对的道德可也。然吾人从各方面观之，则世界人生之所以存在，实由吾人类之祖先一时之误谬。诗人之所悲歌，哲学者之所瞑想，与夫古代诸国民之传说，若出一揆，若第二章所引《红楼梦》第一回之神话的解释，亦于无意识中暗示此理，较之《创世纪》所述人类犯罪之历史，尤为有味者也。夫人之有生，既为鼻祖之误谬矣，则夫吾人之同胞，凡为此鼻祖之子孙者，苟有一人焉，未入解脱之域，则鼻祖之罪终无时而赎，而一时之误谬，反覆至数千万年而未有已也。则夫绝弃人伦如宝玉其人者，自普通之道德言之，固无所辞其不忠不孝之罪；若开天眼而观之，则彼固可谓干父之蛊者也。知祖父之误谬，而不忍反覆之以重其罪，顾得谓之不孝哉？然则宝玉"一子出家，七祖升天"之说，诚有见乎所谓孝者在此不在彼，非徒自辩护而已。

然则举世界之人类而尽入于解脱之域，则所谓宇宙者，不诚无物也欤？然有无之说，盖难言之矣。夫以人生之无常，而知识之不可恃,安知吾人之所谓"有"非所谓真有者乎?则自其反面言之,又安知吾人之所谓"无"非所谓真无者乎?即真无矣,而使吾人自空乏与满足、希望与恐怖之中出,而获永远息肩之所,不犹愈于世之所谓有者乎!然则吾人之畏无也,与小儿之畏暗黑何以异?自已解脱者观之,安知解脱之后,山川之美,日月之华,不有过于今日之世界者乎?读《飞鸟各投林》之曲,所谓"一片白茫茫大地真干净"者,有欤?无欤?吾人且勿问,但立乎今日之人生而观之,彼诚有味乎其言之也。

难者又曰:人苟无生,则宇宙间最可宝贵之美术不亦废欤?曰:美术之价值,对现在之世界人生而起者,非有绝对的价值也。其材料取诸人生,其理想亦视人生之缺陷逼仄,而趋于其反对之方面。如此之美术,唯于如此之世界、如此之人生中,始有价值耳。今设有人焉,自无始以来,无生死,无苦乐,无人世之挂碍,而唯有永远之知识,则吾人所宝为无上之美术,自彼视之,不过蛩鸣蝉噪而已。何则?美术上之理想,固彼之所固有,而其材料又彼之所未尝经验故也。又设有人焉,备尝人世之苦痛,而已入于解脱之域,则美术之于彼也,亦无价值。何则?美术之价值,存于使人离生活之欲,而入于纯粹之知识。彼既无生活之欲矣,而复进之以美术,是犹馈壮夫以药石,多见其不知量而已矣。然则超今日之世界人生以外者,于美术之存亡,固自可不必问也。

夫然,故世界之大宗教,如印度之婆罗门教及佛教,希伯来之基督教,皆以解脱为唯一之宗旨。哲学家说,如古代希腊之柏拉图,近世德意志之叔本华,其最高之理想亦存于解脱。殊如叔本华之说,由其深邃之知识论,伟大之形而上学出,一扫宗教之神话的面具,而易以名学之论法;其真挚之感情与巧妙之文字,又足以济之:故其说精密确实,非如古代之宗教及哲学说,徒属想像而已。然事不厌其求详,姑以生平可疑者商榷焉:夫由叔氏之哲学说,则一切人类及万物之根本,一也。故充叔氏拒绝意志之说,非一切人类及万物,各拒绝其生活之意志,则一人之意志,亦不得而拒绝。何则?生活之意志之存于我者,不过其一最小部分,而其大部分之存于一切人类及万物者,皆与我之意志同。而此物我之差别,仅由于吾人知力之形式,故离此知力之形式而反其根本而观之,则一切人类及万物之意志,皆我之意志也。然则拒绝吾一人之意志而姝姝自悦曰解脱,是何异蹄踎之水而注之沟壑,而曰天下皆得平土而居之者哉!佛之言曰:"若不尽度众生,誓不成佛。"其言犹若有能之而不欲之意。然自吾人观之,此岂徒能之而不欲哉!将毋欲之而不能也。故如叔本华之言一人之解脱,而未言世界之解脱,实与其意志同一之说不能两立者也。叔氏于无意识中亦触此疑问,故于其《意志及观念之世界》之第四编之末,力护其说曰:

> 人之意志于男女之欲,其发现也为最著。故完全之贞操,乃拒绝意志即解脱之第一步也。夫自然中之法则,固自最确实者,使人人而行此格言,则人类之灭绝,自可立而待。至人类以降之动物,其解脱与堕落亦当视人类以为准。《吠陀》之

经典曰:"一切众生之待圣人,如饥儿之待慈父母也。"基督教中亦有此思想。珊列休斯于其《人持一切物归于上帝》之小诗中曰:"嗟汝万物灵,有生皆爱汝。总总环汝旁,如儿索母乳。携之适天国,惟汝力是怙。"德意志之神秘学者马斯太哀赫德亦云:"《约翰福音》云:予之离世界也,将引万物而与我俱。基督岂欺我哉!夫善人,固将持万物而归之于上帝,即其所从出之本者也。今夫一切生物皆为人而造,又自相为用;牛羊之于水草,鱼之于水,鸟之于空气,野兽之于林莽,皆是也。一切生物皆上帝所造,以供善人之用,而善人携之以归上帝。"彼意盖谓人之所以有用动物之权利者,实以能救济之故也。

　　于佛教之经典中,亦说明此真理。方佛之尚为菩提萨埵也,自王宫逸出而入深林时,彼策其马而歌曰:"汝久疲于生死兮,今将息此任载。负予躬以遐举兮,继今日而无再。苟彼岸其予达矣,予将徘徊以汝待。"(《佛国记》)此之谓也。(英译《意志及观念之世界》第一册第四百九十二页)

然叔氏之说,徒引据经典,非有理论的根据也。试问释迦示寂以后,基督尸十字架以来,人类及万物之欲生奚若?其痛苦又奚若?吾知其不异于昔也。然则所谓持万物而归之上帝者,其尚有所待欤?抑徒沾沾自喜之说,而不能见诸实事者欤?果如后说,则释迦、基督自身之解脱与否,亦尚在不可知之数也。往者作一律曰:

> 生平颇忆挈卢敖,东过蓬莱浴海涛。
> 何处云中闻犬吠,至今湖畔尚乌号。
> 人间地狱真无间,死后泥洹枉自豪。
> 终古众生无度日,世尊只合老尘嚣。

何则?小宇宙之解脱,视大宇宙之解脱以为准故也。赫尔德曼人类涅槃之说,所以起而补叔氏之缺点者以此。要之,解脱之足以为伦理学上最高之理想与否,实存于解脱之可能与否。若夫普通之论难,则固如楚楚蜉蝣,不足以撼十围之大树也。

今使解脱之事终不可能,然一切伦理学上之理想,果皆可能也欤?今夫与此无生主义相反者,生生主义也。夫世界有限,而生人无穷;以无穷之人,生有限之世界,必有不得遂其生者矣。世界之内,有一人不得遂其生者,固生生主义之理想之所不许也。故由生生主义之理想,则欲使世界生活之量达于极大限,则人人生活之度,不得不达于极小限。盖度与量二者实为一精密之反比例,所谓最大多数之最大福祉者,亦仅归于伦理学者之梦想而已。夫以极大之生活量而居于极小之生活度,则生活之意志之拒绝也奚若?此生生主义与无生主义相同之点也。苟无此理想,则世界之内,弱之肉,强之食,一任诸天然之法则耳,奚以伦理为哉?然世人日言生生主义,而此理想之达于何时,则尚在不可知之数。要之,理想者可近而不可即,亦终古不过一理想而已矣。人知无生主义之理想之不可能,而自忘其主义之理想之何若,此则大不可解者也。

夫如是,则《红楼梦》之以解脱为理想者,果可菲薄也欤?夫以人生忧患之如彼,而劳苦之如此,苟有血气者,未有不渴慕救济者也,不求之于实行,犹将求之于美术。独《红楼梦》者,同时与吾人以二者之救济。人而自绝于救济则已耳;不然,则对此宇宙之大著述,宜如何企踵而欢迎之也!

第五章 余　论

　　自我朝考证之学盛行，而读小说者亦以考证之眼读之，于是评《红楼梦》者纷然索此书中之主人公之为谁，此又甚不可解者也。夫美术之所写者，非个人之性质，而人类全体之性质也。惟美术之特质，贵具体而不贵抽象。于是举人类全体之性质，置诸个人之名字之下。譬诸"副墨之子"、"洛诵之孙"，亦随吾人之所好名之而已。善于观物者，能就个人之事实而发见人类全体之性质；今对人类之全体，而必规规焉求个人以实之，人之知力相越，岂不远哉？故《红楼梦》之主人公，谓之贾宝玉可，谓之"子虚""乌有"先生可，即谓之纳兰容若可，谓之曹雪芹亦无不可也。

　　综观评此书者之说，约有二种：一谓述他人之事，一谓作者自写其生平也。第一说中，大抵以贾宝玉为即纳兰性德。其说要非无所本。案性德《饮水诗集·别意》六首之三曰：

　　独拥余香冷不胜，残更数尽思腾腾。
　　今宵便有随风梦，知在红楼第几层？

又《饮水词》中《于中好》一阕云：

>别绪如丝睡不成,那堪孤枕梦边城。因听紫塞三更雨,却忆红楼半夜灯。

又《减字木兰花》一阕咏新月云:

>莫教星替,守取团圆终必遂。此夜红楼,天上人间一样愁。

"红楼"之字凡三见,而云"梦红楼"者一。又其亡妇忌日作《金缕曲》一阕,其首三句云:

>此恨何时已!滴空阶、寒更雨歇,葬花天气。

"葬花"二字,始出于此。然则《饮水集》与《红楼梦》之间,稍有文字之关系,世人以宝玉为即纳兰侍卫者,殆由于此。然诗人与小说家之用语,其偶合者固不少;苟执此例以求《红楼梦》之主人公,吾恐其可以傅合者,断不止容若一人而已。若夫作者之姓名(遍考各书,未见曹雪芹何名)与作书之年月,其为读此书者所当知,似更比主人公之姓名为尤要。顾无一人为之考证者,此则大不可解者也。

至谓《红楼梦》一书,为作者自道其生平者,其说本于此书第一回"竟不如我亲见亲闻的几个女子"一语。信如此说,则唐旦之《天国戏剧》,可谓无独有偶者矣。然所谓亲见亲闻者,亦可自旁观者之口言之,未必躬为剧中之人物。如谓书中种种境界、种种人物,非局中人不能道,则是《水浒传》之作者必为大盗,《三国演义》之作者必为兵家,此又大不然之说也。且此问题实与美术之渊源之问题相关系。如谓美术上之事,非局中人不能道,则其渊源必全存于经验而后可。夫美术之源,出于先天,抑由于经验,此西洋美学上至大之问题也。叔本华之论此问题也,最为透辟。兹援其说,以结此论。其言曰(此论本为绘画及雕刻发,然可通之于诗歌、小说):

人类之美之产于自然中者,必由下文解释之:即意志于其客观化之最高级(人类)中,由自己之力与种种之情况而打胜下级(自然力)之抵抗,以占领其物力。且意志之发现于高等之阶级也,其形式必复杂:即以一树言之,乃无数之细胞合而成一系统者也。其阶级愈高,其结合愈复。人类之身体,乃最复杂之系统也:各部分各有一特别之生活;其对全体也,则为隶属;其互相对也,则为同僚;互相调和,以为其全体之说明,不能增也,不能减也。能如此者,则谓之美。此自然中不得多见者也。顾美之于自然中如此,于美术中则何如?或有以美术家为模仿自然者。然彼苟无美之预想存于经验之前,则安从取自然中完全之物而模仿之,又以之与不完全者相区别哉?且自然亦安得时时生一人焉,于其各部分皆完全无缺哉?或又谓美术家必先于人之肢体中,观美丽之各部分,而由之以构成美丽之全体。此又大愚不灵之说也。即令如此,彼又何自知美丽之在此部分而非彼部分哉?故美之知识,断非自经验的得之,即非后天的而常为先天的;即不然,亦必其一部分常为先天的也。吾人于观人类之美后,始认其美;但在真正之美术家,其认识之也,极其明速之度,而其表出之也,胜乎自然之为。此由吾人之自身即意志,而于此所判断及发见者,乃意志于最高级之完全之客观化也。唯如是,吾人斯得有美之预想。而在真正之天才,于美之预想外,更伴以非常之巧力。彼于特别之物中,认全体之理想,遂解自然之嗫嚅之言语而代言之;即以自然所百计而不能产出之美,现之于绘画及雕刻中,而若语自然曰:"此即汝之所欲言而不得者也。"苟有判断之能力者,必将应之曰:"是。"唯如是,故希腊之天才能发见人类之美之形式,而永为万世雕刻家之模范。唯如是,故吾人对自然于特别之境遇中所偶然成功者而得认其美。此美之预想,乃自先天中所知者,即理想的也,比其现于美术也,则为实际的。何则?此与后天中所与之自然物相合故也。如此,美术家先天中有美之预想,而批评家于后天中认识之,此由美术家及批评家乃自然之自身之一部,而意志于此客观化者也。哀姆攀独克尔曰:"同者唯同者知之。"故唯自然能知自然,唯自然能言自然,则美术家有自然之美之预想,固自不足怪也。

芝诺芬述苏格拉底之言曰:"希腊人之发见人类之美之理想也,由于经验。即集合种种美丽之部分,而于此发见一膝,于彼发见一臂。"此大谬之说也。不幸而此说蔓延于诗歌中。即以狭斯丕尔言之,谓其戏曲中所描写之种种人物,乃其一生之经验中所观察者,而极其全力以撰写之者也。然诗人由人性之预想而作戏曲小说,与美术家之由美之预想而作绘画及雕刻无以异,唯两者于其创造之途中,必须有经验以为之补助。夫然,故其先天中所已知者,得唤起而入于明晰之意识,而后表出之事,乃可得而能也。(叔氏《意志及观念之世界》第一册第二百八十五页至八十九页)

由此观之,则谓《红楼梦》中所有种种之人物、种种之境遇,必本于作者之经验,则雕刻与绘画家之写人之美也,必此取一膝、彼取一臂而后可。其是与非,不待知者能决矣。读者苟玩前数章之说,而知《红楼梦》之精神与其美学、伦理学上之价值,则此种议论自可不生。苟如美术之大有造于人生,而《红楼梦》自足为我国美术上之唯一大著述,则其作者之姓名与其著书之年月,固当为唯一考证之题目。而我国人之所聚讼者,乃不在此而在彼;此足以见吾国人之对此书之兴味之所在,自在彼而不在此也。故为破其惑如此。

蔡元培

石头记索隐

第六版自序对于胡适之先生《红楼梦考证》之商榷

余之为此索隐也,实为《郎潜二笔》中徐柳泉之说所引起。柳泉谓宝钗影高澹人,妙玉影姜西溟。余观《石头记》中,写宝钗之阴柔、妙玉之孤高,与高、姜二人之品性相合。而澹人之贿金豆,以金锁影之;其假为落马坠积潴中,以薛蟠之似泥母猪影之。西溟之热中科第,以走魔入火影之;其瘐死狱中,以被劫影之。又以"妙"字影"姜"字,以"玉"字影"英"字,以"雪"字影高士奇,知其所寄托之人物,可用三法推求:一、品性相类者;二、轶事有征者;三、姓名相关者。于是,以湘云之豪放而推为其年,以惜春之冷僻而推为苏友,用第一法也;以宝玉逢魔魇而推为允礽,以凤姐哭向金陵而推为余国柱,用第二法也;以探春之名与探花有关而推为健庵,以宝琴之名与孔子学琴于师襄之故事有关而推为辟疆,用第三法也。然每举一人,率兼用三法或两法,有可推证,始质言之。其他若元春之疑为徐元文,宝蟾之疑为翁宝林,则以近于孤证,姑不列入。自以为审慎之至,与随意附会者不同。近读胡适之先生之《红楼梦考证》,列拙著于"附会的红学"之中,谓之"走错了道路",谓之"大笨伯"、"笨谜",谓之"很牵强的附会",我实不敢承认。意者我亦不免有敝帚千金之俗见。然胡先生之言,实有不能强我以承认者。今责其疑于下:

(一)胡先生谓:"向来研究这部书的人,都走错了道路……不去搜求那些可以考定《红楼梦》的著者、时代、版本等等的材料,却去收罗许多不相干的零碎史事来附会《红楼梦》里的情节。"又谓:"我们只须根据可靠的版本与可靠的材料,考定这书的著者究竟是谁,著者的事迹家世,著书的时代,这书曾有何种不同的本子,这些本子的来历如何。这些问题乃是《红楼梦》考证的正当范围。"案考定著者、时代、版本之材料,固当搜求。从前王静庵先生作《红楼梦评论》有云:"作者之姓名(遍考各书,未见曹雪芹何名。)与作书之年月,其为读此书者所当知,似更比主人公之姓名为尤要。顾无一人为之考证者,此则大不可解者也。"又云:"苟知美术之大有造于人生,而《红楼梦》自足为我国美术上之唯一大著述,则其作者之姓名与其著书之年月,固为唯一考证之题目。"今胡先生对于前八十回著作者曹雪芹之家世及生平,与后四十回著作者高兰墅之略历,业于短时期间搜集许多材料。诚有功于《石头记》,而可以稍释王静庵先生之遗憾矣。惟吾人与文学书最密切之接触本不在作者之生平,而在其著作。著作之内容,即胡先生所谓"情节"者,决非无考证之价值。例如我国古代文学中之《楚辞》,其作者为屈原、宋玉、景差等;其时代,在楚怀王、襄王时,即西历纪元前三世纪顷,久为昔人所考定。然而"善鸟香草以配忠贞；恶禽臭物以比谗佞；灵修美人以媲于君，宓妃佚女，以譬贤臣；虬龙鸾凤以托君子；飘风云霓以为小人"，如王逸所举者，固无非内容也。其在外国文学，如 Shakespeare 之著作，或谓出 Bacon 手笔，遂生"作者究竟是谁"之问题。至如 Goethe 之著 *Faust*，则其所根据之神话与剧本及其六十年间著作之经过，均为文学史所详载；而其内容，则第一部之 Gretchen 或谓影 Elsässirin Friedenke（Biélschowsky 之说），或谓影 Frankfurter Gretchen（Kuno Fischer 之说）。第二部之 Walpurgisnacht 一节为地质学理论。Helena 一节为文化交通问题。Euphorion 为英国诗人 Byron 之影子（各家略同）皆情节上之考证也。又如俄之托尔斯泰，其生平、其著作之次第皆无甚疑问。近日张邦铭、郑阳和两先生所译英人 Sarolea 之《托尔斯泰传》有云："凡其著作，无不含自传之性质。各书之主人翁，如伊尔屯尼夫、鄂仑玲、聂乞鲁多夫、赖文、毕索可夫等，皆其一己之化身。各书中所叙他人之事，莫不与其身有直接之关系。……《家庭乐》叙其少年时情场中之一事，并表其情爱与婚姻之意见。书中主人翁既求婚后，乃将少年狂放时之恶行缕书不讳，授所爱以自忏。此事托尔斯泰于《家庭乐》出版三年后，向索利亚柏斯求婚时，实尝亲自为之。即《战争与和平》一书，亦可作托尔斯泰之家乘观。其中老乐斯脱夫即托尔斯泰之祖。小乐斯脱夫即其父，索利亚即其养母达善娜，尝两次拒其父之婚者，拿特沙药斯脱夫即其姨达善娜柏斯，毕索可夫与赖文，皆托尔斯泰用以自状。赖文之兄死，即托尔斯泰兄的米特利之死。《复活》书中聂乞鲁多夫之奇特行动,论者谓依心理未必能有者,其实即的米特利生平留于其弟心中之一纪念。的米特利娶一娼,与聂乞鲁多夫同也。"亦情节上之考证也。然则考证情节,岂能概目为附会而排斥之?

（二）胡先生谓拙著《索隐》所阐证之人名多是"笨谜",又谓"假使一部《红楼梦》,真是一串这么样的笨谜,那就真不值得猜了"。案拙著阐证本事,本兼用三法,具如前述。所谓姓名关系者,仅三法中之一耳。即使不确,亦未能抹杀全书。况胡先生所谥为"笨谜"者,正是中国文人习惯,在彼辈方以为必如是而后值得猜也。《世说新书》称曹娥碑后有"黄绢幼妇外孙齑臼"八字,即以当"绝妙好辞"四字。古绝句:"藁砧今何在?山上复有山。何当大刀头,破镜飞上天。"以藁砧当夫,大刀头当还。《南史》记梁武帝时童谣有"鹿子开城门,城门鹿子开"等句,谓鹿子开者,反语为来子哭,后太子果薨。自胡先生观之,非皆"笨谜"乎?《品花宝鉴》以侯石公影袁子才,侯与袁为猴与猿之转借,公与子同为代名词,石与才则自"天下才有一石,子建独占八斗"之语来。《儿女英雄传》自言十三妹为"玉"字之分析,非经说破,已不易猜。又以纪献唐影年羹尧,纪与年、唐与尧虽尚简单,而献与羹则自"犬曰羹献"之文来。自胡先生观之,非皆"笨谜"乎?即如《儒林外史》之庄绍光即程绵庄,马纯上即冯粹中,牛布衣即朱草衣,均为胡先生所承认(见胡先生所著《吴敬梓传》及附录)。然则金和跋中之所指目殆皆可信。其中如因范蠡曾号陶朱公而以范易陶,因"萬"字俗写作万,而以万代方,亦非笨谜乎?然而安徽第一大文豪且用之,安见汉军第一大文豪必不出此乎?

(三)胡先生谓拙著中刘姥姥所得之八两及二十两有了下落,而第四十二回王夫人所送之一百两没有下落,谓之"这种完全任意的去取,实在没有道理"。案《石头记》凡百二十回,而余之《索隐》尚不过数十则,有下落者记之,未有者姑阙之,此正余之审慎也。若必欲事事证明而后可,则《石头记》自言著作者有石头、空空道人、孔梅溪、曹雪芹等,而胡先生所考证者惟有曹雪芹。《石头记》中有许多大事,而胡先生所考证者惟有南巡一事,将亦有"任意去取,没有道理"之诮欤?

(四)胡先生以曹雪芹生平大端考定,遂断定《石头记》是"曹雪芹的自叙传","是一部将真事隐去的自叙的书"。"曹雪芹即是《红楼梦》开端时那个深自忏悔的我,即是书里甄贾(真假)两个宝玉的底本"。案书中既云真事隐去,并非仅隐去真姓名,则不得以书中所叙之事为真。又使宝玉为作者自身影子,则何必有甄、贾两个宝玉(鄙意甄、贾二字,实因古人有正统、伪朝……习见而起。贾雨村举正邪两赋而来之人物,有陈后主、唐明皇、宋徽宗等,故疑甄宝玉影弘光,而贾宝玉影允礽也)。若以赵嬷嬷有甄家接驾四次之说,而曹寅适亦接驾四次,为甄家即曹家之确证,则赵嬷嬷又说贾府只预备接驾一次,明在甄家四次以外,安得谓贾府亦即曹家乎?胡先生因贾政为员外郎,适与员外郎曹頫相应,遂谓贾政即影曹頫,然《石头记》第三十七回有贾政任学差之说,第七十一回有"贾政回京复命,因是学差,故不敢先到家中"云云。曹頫固未闻曾放学差也。且使贾府果为曹家影子,而此书又为雪芹自写其家庭之状况,则措词当有分寸。今观第十七回焦大之谩骂,第六十六回柳湘莲道"你们东府里除了那两个石头狮子干净罢了",似太不留余地。且许三礼奏参徐乾学,有曰"伊弟拜相之后,与亲家高士奇更加招摇,以致有'去了余秦桧(余国柱),来了徐严嵩。乾学似庞涓,是他大长兄'之谣。又有'五方宝物归东海,万国金珠贡澹人'之对"云云。今观《石头记》第五十五回有"刚刚倒了一个巡海夜叉,又添了三个镇山太岁"之说;第四回有"贾不假,白玉为堂金作马。阿房宫,三百里,住不下金陵一个史。东海少了白玉床,龙王来请金陵王。丰年好大雪,珍珠如土金如铁"之护官符。显然为当时一谣一对之影子,与曹家无涉。故鄙意《石头记》原本必为康熙朝政治小说,为亲见高、徐、余、姜诸人者所草。后经曹雪芹增删,或亦许插入曹家故事,要未可以全书属之曹氏也。

民国十一年一月三十日　蔡元培。

《石头记》者，清康熙朝政治小说也。作者持民族主义甚挚，书中本事在吊明之亡，揭清之失，而尤于汉族名士仕清者寓痛惜之意。当时既虑触文网，又欲别开生面，特于本事以上加以数层障幕，使读者有"横看成岭侧成峰"之状况。最表面一层，谈家政而斥风怀，尊妇德而薄文艺。其写宝钗也几为完人，而写黛玉、妙玉则乖痴不近人情，是学究所喜也，故有王雪香评本。进一层，则纯乎言情之作，为文士所喜，故普通评本，多着眼于此点。再进一层，则言情之中善用曲笔。如宝玉中觉在秦氏房中，布种种疑阵；宝钗金锁为笼络宝玉之作用，而终未道破。又于书中主要人物设种种影子以畅写之。如晴雯、小红等均为黛玉影子，袭人为宝钗影子是也。此等曲笔，惟太平闲人评本能尽揭之。太平闲人评本之缺点，在误以前人读《西游记》之眼光读此书，乃以《大学》《中庸》"明明德"等为作者本意所在，遂有种种可笑之傅会，如以吃饭为诚意之类。而于阐证本事一方面遂不免未达一间矣。阐证本事，以《郎潜纪闻》所述徐柳泉之说为最合，所谓"宝钗影高澹人，妙玉影姜西溟"是也。近人《乘光舍笔记》谓"书中女人皆指汉人，男人皆指满人，以宝玉曾云男人是泥做的，女人是水做的也"，尤与鄙见相合。佐之札记，专以阐证本事，于所不知则阙之。

书中"红"字多影"朱"字。朱者，明也，汉也。宝玉有爱红之癖，言以满人而爱汉族文化也；好吃人口上胭脂，言拾汉人唾余也。清制，满人不得为状元，防其同化于汉。《东华录》："顺治十八年六月谕吏部，世祖遗诏云：纪纲法度渐习汉俗，于醇朴旧制日有更张。"又云:"康熙十五年十月,议政王大臣等议准礼部奏:朝廷定鼎以来,虽文武并用,然八旗子弟尤以武备为急,恐专心习文以致武备废弛。现今已将每佐领下子弟一名,准在监肄业,亦自足用。除见在生员、举人、进士录用外,嗣后请将旗下子弟考试生员、举人、进士暂令停止。从之。"是知当时清帝虽躬修文学,且创开博学鸿词科,实专以笼络汉人。初不愿满人渐染汉俗,其后雍、乾诸朝亦时时申诫之。故第十九回袭人劝宝玉道:"再不许吃人嘴上擦的胭脂了,与那爱红的毛病儿。"又,黛玉见宝玉腮上血渍,询知为淘漉胭脂膏子所溅,谓为带出幌子,"吹到舅舅耳里,使大家不干净惹气",皆此意。宝玉在大观园中所居曰"怡红院",即爱红之义。所谓曹雪芹于悼红轩中增删本书,则吊明之义也。本书有《红楼梦曲》,以此。书中序事托为石头所记,故名《石头记》。其实因金陵亦曰石头城而名之。余国柱(即书中之王熙凤)被参,以其在江宁置产营利,与协理宁国府、历劫返金陵等同意也。又曰《情僧录》及《风月宝鉴》者,或就表面命名,或以"情"字影"清"字,又以古人有"清风明月"语,以"风月"影"明清",亦未可知也。

《石头记》叙事,自明亡始。第一回所云,这一日三月十五日葫芦庙起火,烧了一夜,甄氏烧成瓦砾场,即指甲申三月间明愍帝殉国,北京失守之事也。士隐注解《好了歌》,备述沧海桑田之变态,亡国之痛昭然若揭。而士隐所随之道人,跛足麻履鹑衣,或即影愍帝自缢时之状。甄士本影政事,甄士隐随跛足道人而去,言明之政事随愍帝之死而消灭也。

甄士隐即真事隐，贾雨村即假语存，尽人皆知。然作者深信正统之说，而斥清室为伪统，所谓贾府即伪朝也。其人名如贾代化、贾代善，谓伪朝之所谓化、伪朝之所谓善也。贾政者，伪朝之吏部也。贾敷、贾敬，伪朝之教育也（《书》曰"敬敷五教"）。贾赦，伪朝之刑部也，故其妻氏邢（音同刑），子妇氏尤（罪尤）。贾琏为户部，户部在六部位居次，故称琏二爷，其所掌则财政也。李纨为礼部（李、礼同音）。康熙朝礼制已仍汉旧，故李纨虽曾嫁贾珠，而已为寡妇，其所居曰"稻香村"，稻与道同音。其初名以杏花村，又有"杏帘在望"之名，影孔子之杏坛也。（《金瓶梅》以孟玉楼影当时之礼部，氏之以孟，又取"玉楼人醉杏花风"诗句为名，即《红楼梦》所本也。）

作者于汉人之服从清室而安富尊荣者，如洪承畴、范文程之类，以娇杏代表之。娇杏即侥幸。书中叙新太爷到任，即影满洲定鼎。观雨村中秋口号云"天上一轮才捧出，人间万姓仰头看"，知为代表满洲也。于有意接近而反受种种之侮辱，如钱谦益之流，则以贾瑞代表之。瑞字天祥，言其为假文天祥也（文小字宋瑞）。头上浇粪，手中落镜，言其身败名裂而至死不悟也（徐巨源编一剧，演李太虚及龚芝麓降李自成后，闻清兵入，急逃而南。至杭州，为追兵所蹑，匿于岳坟铁铸秦桧夫人胯下。值夫人方月事，追兵过而出，两人头皆血污。与本书浇粪同意）。叙姽婳将军林四娘，似以代表起义师而死者。叙尤三姐，似以代表不屈于清而死者。叙柳湘莲，似以代表遗老之隐于二氏者。

书中女子多指汉人；男子多指满人，不独"女子是水作的骨肉，男人是泥作的骨肉"，与"汉"字"满"字有关也。我国古代哲学以阴、阳二字说明一切对待之事物。《易·坤卦·象传》曰："地道也，妻道也，臣道也，是以夫妻、君臣分配于阴阳也。"《石头记》即用其义。第三十一回湘云说："比如天是阳，地就是阴"；"比如一棵树叶儿，那边向上朝阳的就是阳，这边背阴复下的就是阴"；"走兽飞禽，雄为阳，雌为阴。"翠缕道："怎么东西都有阴阳，咱们人倒没有阴阳呢？"又道："知道了，姑娘是阳，我就是阴。"又道："人家说，主子为阳，奴才为阴，我连这个大道理也不懂得？"是男为阳，主子亦为阳；女为阴，奴才亦为阴。本书明明揭出。清制，对于君主，满人自称奴才，汉人自称臣。臣与奴才并无二义。(《说文解字》"臣"字像屈服之形，是古义亦然。)以民族之对待言之，征服者为主，被征服者为奴。本书以男女影满汉，以此。

贾宝玉，言伪朝之帝系也。宝玉者，传国玺之义也，即指允礽。《东华录》康熙四十八年三月，以复立皇太子告祭天坛文曰："建立嫡子允礽为皇太子。"又曰："朕诸子中允礽居贵。"是允礽生而有为皇太子之资格，故曰衔玉而生。允礽之被废也，其罪状本不甚证实。康熙四十七年九月谕曰："允礽肆恶虐众，暴戾淫乱，难出诸口。"又曰："允礽同伊属下人等恣行乖戾，无所不至，令朕赧于启齿。又遣使邀截外藩入贡之人，将进御马匹任意攘取，以致蒙古俱不心服。"又曰："知允礽赋性奢侈，着伊乳母之夫凌普为内务府总管，俾伊便于取用。"又曰："朕历览史书，时深儆戒，从不令外间妇女出入宫掖,亦从不令姣好少年随侍左右……今皇太子所行若此,朕实不胜愤懑。"《石头记》三十三回叙宝玉被打,一为忠顺亲王府长史索取小旦琪官事,二为金钏儿投井。贾环谓是宝玉拉着太太的丫头金钏儿强奸不遂,打了一顿,那金钏儿便赌气投井死了。琪官事与姣好少年等语相关。忠顺王疑影外藩。长史曾揭出琪官赠红汗巾事,疑影攘取马匹事,相传名马有出汗如血者故也。曰"暴戾淫乱,难出诸口",曰"赧于启齿",曰"从不令外间妇女出入宫掖","今皇太子所行若此",是当时罪状中颇有中冓之言,即金钏儿之事所影也。

允礽之罪状又有曰:"近观允礽行事,与人大有不同:昼多沉睡,夜半方食;饮酒数十巨觥不醉;每对越神明,则惊惧不能成礼;遇阴雨雷电,则畏沮不知所措。居处失常,语言颠倒,竟类狂易之疾,似有鬼物凭之者。"又曰:"今忽为鬼魅所凭,蔽其本性,忽起忽坐,言动失常,时见鬼魅,不安寝处,屡迁其居。啖饭七八碗尚不知饱,饮酒二三十觥亦不见醉。匪特此也,细加询问,更有种种骇异之事。"又曰:"允礽居撷芳殿,其地阴黯不洁,居者辄多病亡。允礽时常往来其间,致中鬼魅,不自知觉。以此观之,种种举动皆有鬼物使然,大是异事。"十一月谕曰:"前灼见允礽行事颠倒,以为鬼物所凭。"又曰:"今允礽之疾渐已清爽……召见两次,询问前事,允礽竟有全然不知者,深自愧悔。又言'我幸心内略明,犹惧父皇闻知治罪。未至用刀刺人,如或不然,必有杀人之事矣。'观彼虽稍清楚,其语仍略带疯狂。朕竭力调治,果蒙天佑,狂疾顿除。"又曰:

"十月十七日,查出魇魅废皇太子之物。服侍废皇太子之人奏称:是日,废皇太子忽似疯颠,备作异状,几至自尽。诸宫侍抱持环守,过此片刻,遂复明白。废皇太子亦自惊异,问诸宫侍:'我顷者作何举动?'朕从前将其诸恶皆信为实,以今观之,实被魇魅而然,无疑也。"四十八年二月谕曰:"皇太子允礽前染疯疾,朕为国家而拘禁之。后详查被人镇魇之处,将镇魇物俱令掘出,其事乃明。今调理痊愈,始行释放……今譬有人因染疯狂持刀砍人,安可不行拘执?若已痊愈,又安可不行释放?"四月谕曰:"大阿哥镇魇皇太子及诸阿哥之事甚属明白。"又曰:"现今镇魇之事发觉者如此,或和尚道士等更有镇魇之处,亦未可定。日后发觉,始知之耳。""显亲王衍潢等遵旨会议喇嘛巴汉格隆等咒魇皇太子情实,应将巴汉格隆、明佳噶卜楚、马星噶卜楚、鄂克卓特巴俱凌迟处死……皇长子护卫蔷楞雅突,明知大逆之事,乃敢同行。又雅突将皇长子复行咒魇……再此案内又有察苏齐引诱宗室格隆陶州胡土克图行咒魇之事。"

案《石头记》第三十三回,贾政斥宝玉道:"好端端的,你垂头丧气咳些什么?方才雨村来要见你,叫你半天才出来;既出来了,全无一点慷慨挥洒谈吐,仍是葳葳蕤蕤。我看你脸上一团思欲愁闷气色,这会又咳声叹气。"九十五回失玉以后,"宝玉一日呆似一日,也不发烧,也不疼痛,只是吃不像吃,睡不像睡,甚至说话都无头绪"。与允礽罪状中之"居处失常,语言颠倒"及"言动失常,不安寝处"等语相应。第二十五回宝玉烫了脸,有宝玉寄名的干娘马道婆向贾母道:"那些经典佛法上说的利害,大凡王公卿相人家的子弟,只一生长下来,暗里便有许多促狭鬼跟着他。"与允礽罪状中"鬼物凭之,时见鬼魅"等语相应。又叙宝玉被魇,有云:"拿刀弄杖,寻死觅活。"叙王熙凤被魇,有云:"手持一把明晃晃钢刀,砍进园来,见鸡杀鸡,见狗杀狗,见人就要杀人。周瑞媳妇忙带着几个有力量的胆壮的婆娘上去抱住,夺下刀来,抬回房去。"与允礽所谓"未至用刀杀人",及"服侍之人称,是日,废皇太子忽患疯颠,几至自尽,诸宫侍抱持环守"相应。八十一回,"宝玉道:'我记得病的时候儿,好好的站着,倒像背地里有人把我拦头一棍,疼得眼睛前头漆黑,看见满屋子里都是些青面獠牙、拿刀举棒的恶鬼。躺在炕上,觉得在脑袋上加了几个脑箍似的。以后便疼的任什么不知道了。'凤姐道:'我也全记不得。但觉自己身子不由自主,倒像有些鬼怪拉拉扯扯要我杀人才好。有什么拿什么。自己原觉很乏,只是不能住手。'"亦与允礽案所谓备作异状,全然不知持刀斫人等语相应。又说"马道婆破案,为潘三保事,送到锦衣府去,问出许多官员大户人家太太姑娘们的隐情事来。把他家内一抄,抄出几篇小账。上面记着某家验过,应找银若干。"与允礽以外复有皇长子及宗室等案,及所谓和尚道士等更有魇魅等事,亦未可定等语相应。行魇魅者,巴汉格隆等皆喇嘛,故以马道婆代表之。马与嘛同音也。八十一回又称:"马道婆身边搜出匣子,里面有象牙刻的一男一女,不穿衣服光着身子的两个魔王。"亦与相传喇嘛教中之欢喜佛相等,马道婆之代表喇嘛也无疑。《东华录》:康熙四十七年九月谕云:"允礽幼时,朕亲教以读书,继令大学士张英教之,又令熊赐履教以性理诸书,又令老成翰林官随从"云云。《石头记》常言贾政逼宝玉读书,第八回:秦钟因去岁业师回南,在家温习旧课。其父秦邦业知贾家塾中司塾的乃贾代儒(伪朝之儒也),现今之老儒。第九回贾政对李贵道:"你去请学里太爷的安,就道我说的,什么《诗经》古文,一概不用虚应故事,只是先把四书一齐讲明背熟是最要紧的。"第八十一回,"贾政道:'前儿倒有人和我提起一位先生来,学问人品都是极好的,也是南边人。'又道:'如今儒大太爷虽学问也只中平,但还弹压得住这些小孩子们。'"八十二回称贾代儒为老学究,又"宝玉讲'后生可畏'一章,讲到'不要弄到'……说到这里向代儒一瞧。代儒说:'讲书是没有什么避忌的。'宝玉才说:'不要弄到老大无成。'"均与"性理诸书""老成翰林"等相应。又熊赐履湖北人,张英安徽人,所谓南边人,殆指张、熊等。

允礽以康熙十四年十二月被立为皇太子,四十七年九月被废;四十八年三月复立,五十一年十一月复废。自第一次被废以至复立,为时不久,而又悉归咎于魔魅,故《石头记》中仅以三十三回之答责及二十五回之魇魔形容之。二十五回中言:"宝玉虽被迷污,经和尚摩弄一回,依旧灵了。"即虽废旋复之义。至九十四回之失玉,乃叙其终废也。至和尚还玉事等,殆无关本事。

允礽之被废,由于兄弟之倾轧。《东华录》所载主动者为胤禔、胤禛二人。《石头记》九十四回于失玉以前先叙海棠既萎而复开,"贾母道:'花儿应在三月里开的,如今是十一月。'"三月及十一月,与复立复废之月相应。又"黛玉说花开之因道:'当初田家有荆树一棵,三个弟兄因分了家,那荆树便枯了;后来感动了他弟兄们,仍旧归在一处,那棵树也就发了。'"既说兄弟,又说三个,与允礽、胤禔、胤禩三人相应。

《石头记》叙巧姐事,似亦指允礽。"巧"与"礽"字形相似也。九十二回"评女传巧姐慕贤良",即熊赐履等教允礽以性理诸书也。一百十八回"记微嫌舅兄欺弱女",贾环、贾芸欲卖巧姐于藩王,即指允礽为胤禔、胤禩所卖事。宝玉被打由贾环诉说金钏儿事,宝玉被魇由贾环之母赵姨娘主使,巧姐被卖亦由贾环主谋,与胤禔之陷允礽相应。其事又有亲舅舅王仁与闻之。《红楼梦曲》中亦云"休似俺那爱银钱、忘骨肉的狠舅奸兄",与允礽案中有所谓舅舅佟国维者相应。《东华录》"康熙四十八年正月,上曰:'胤禩乃胤禔之党,胤禔曾奏言请立胤禩为太子,伊当辅之。'又曰:'此事必舅舅佟国维、大学士马齐以当举胤禩默示于众。'二月,谕舅舅佟国维曰'尔曾奏,皇上凡事断无错误之处,此事关系重大,日后易于措处则已,倘日后难于措处,似属未便'等语。又曰:'因有舅舅所奏之言,及群下小人就中肆行捏造言词,所以大臣侍卫官员等俱终日忧虑,若无生路者。中心宽畅者,惟大阿哥、八阿哥耳。'又曰:'舅舅前启奏时,外间匪类不知其故,因盛赞尔云:如此方谓之国舅大臣,不惧死亡,敢行陈奏。今尔之情形毕露,人将谓尔为何如人耶?'"《石头记》一百十八回,王仁拍手道:"这倒是一种好事,又有银子。只怕你们不能,若是你们敢办,我是亲舅舅,做得主的。"第一百十九回,事败后,"吓得王仁等抱头鼠窜的出来"。与《东华录》之佟国维相应。康熙四十八年四月谕曰:"胤禔之党羽俱系贼心恶棍,平日斗鸡走狗,学习拳勇,不顾罪戾,惟务诱取银钱。"故《石头记》亦有"爱银钱的奸兄"语。

林黛玉影朱竹垞也。绛珠影其氏也,居潇湘馆影其"竹垞"之号也。竹垞生于秀水,故绛珠草长于灵河岸上。"竹垞客游南北,必橐载十三经、二十一史以自随。已而游京师,孙退谷过其寓,见插架书,谓人曰:'吾见客长安者,务攀援驰逐。车尘蓬勃间不废著述者,惟秀水朱十一人而已。'"(见陈廷敬所作墓志)《石头记》第十六回,黛玉带了许多书籍来。四十回,刘老老到潇湘馆,"因见窗下案上设着笔砚,又见书架上磊着满满书,刘老老道:'这必定是那一位哥儿的书房了。'贾母笑指黛玉道:'这是我这外孙女儿的屋子。'刘老老留神打量了林黛玉一番,方笑道:'这那里像个小姐的绣房,竟比那上等的书房还好。'"以此。竹垞尝与陈其年合刻所著曰《朱陈村词》,流传入禁中。故黛玉与史湘云凹晶馆联句。竹垞入直南书房,旋被劾,镌一级罢,寻复原官。其被劾之故,全谢山谓因携仆钞《永乐大典》。竹垞所作《咏古》二首云:"汉皇将将屈群雄,心许淮阴国士风。不分后来输绛灌,名高一十八元功。""海内词章有定称,南来庾信北徐陵。谁知著作修文殿,物论翻归祖孝征。"诗意似为人所卖。《石头记》中凤姐掉包事,疑即指此。七十回宝钗、探春、湘云、宝琴均替宝玉临字,而于黛玉一方面,但云紫鹃送一卷小楷,疑影携仆写书事。

薛宝钗,高江村也(徐柳泉已言之)。薛者,雪也。林和靖《咏梅》有曰："雪满山中高士卧,月明林下美人来。"用"薛"字以影江村之姓名也(高士奇)。

《啸亭杂录》曰："高江村家贫,鬻字为活。纳兰太傅爱其才,荐入内廷,仁庙亦爱之。遇巡狩出猎,皆命江村从。故江村诗曰:'身随翡翠丛中列,队入鹅黄带里行。'盖纪实也。江村性趫巧,遇事先意承旨,皆惬圣怀。一日,上出猎。马蹶,意殊不怿。江村闻之,故以潴泥污其衣,入侍。上怪问之,江村曰:'适落马坠积潴中,未及浣也。'上大笑曰:'汝辈南人,懦弱乃尔。适朕马屡蹶,竟未坠。'意乃释然。又尝从登金山,上欲题额,濡毫久之。江村拟'江天一览'四字于掌中,趋前磨墨,微露其迹。上如所拟书之。其迎合类如此。"《檐曝杂记》曰："江村初入都,自肩襆被,进彰仪门。后为明相国司阍者课子。一日,相国急欲作书数函,仓卒无人。司阍以江村对,即呼入,援笔立就。相国大喜,遂属掌书记,后入翰林,直南书房,皆明公力也。江村才本绝人,既居势要,家日富,则结近侍,探上起居,报一事酬以金豆一颗。每入直,金豆满荷囊;日暮,率倾囊而出,以是宫廷事皆得闻。或觇知上方阅某书,即抽某书翻阅,偶天语垂问,辄能对大意,以是圣祖益爱赏之。"郑方坤《本朝诗钞小传》曰："江村年十九之京师,以诸生就京闱试,不利,落魄羁穷,卖文自给。新岁为人书春帖子,往往自作联句,用写其幽忧牢落之怀。偶为圣祖所见,大加击节,立召见。"案《石头记》写薛宝钗处处周到,得人欢心。自薛姨妈、贾母、王夫人、湘云、岫烟以至袭人辈,无不赞叹,并黛玉亦受其笼络。即所谓性趫巧、善迎合之影子也。

宝钗以金锁配宝玉，谓之金玉良缘。其嫂曰夏金桂，其婢曰黄金莺，莺儿为宝玉结络，以金线配黑珠儿线，皆以金豆探起居之影子也。宝钗最博雅，二十二回点《鲁智深醉闹五台山》，为宝玉诵《寄生草》曲词，宝玉赞他无书不知；第三十回，宝玉道："姐姐通今博古，色色都知道"；七十六回，湘云用"楉"字，黛玉说："亏你想得出。"湘云道："幸而昨日看《历朝文选》，见了这个字，我不知何树，因要查一查，宝姐姐说不用查，这就是如今俗叫做朝开夜合花。我信不及，到底查了一查，果然不错。看来宝姐姐知道的竟多。"即其翻书备对之影子也。第一回称穷儒贾雨村"一身一口在家乡无益，因进京求取功名。自前岁来此，又淹蹇住了，暂寄庙中，每日卖文作字为生"。即江村襆被进都鬻字为活之影子也。贾雨村"高吟一联曰：'玉在椟中求善价，钗于奁内待时飞。'恰值士隐走来听见，笑道：'雨村兄真抱负不凡也。'"即联句被赏之影子也。四十七回薛蟠遭湘莲苦打，"遍身内外，滚的似泥母猪一般"；又说"那里爬的上马去"。即江村自称落马堕积潴中之影子也。

江村所作《塞北小钞》曰："二十二年六月十二日，扈跸出东直门云云。偶患暑气，上命以冰水饮益元散二碗，方解。甲申，上曰：'尔南人，为何亦饮冰水？'士奇曰：'天气炎热，非冰莫解。'上曰：'朕闻南人殊不畏暑。'士奇曰：'南人从来畏暑，故有吴牛见月而喘之语。'上大笑。"案《石头记》第七回，宝钗对周瑞家的说，"我这是从胎里带来的一股热毒。"又说癞头和尚所说的方叫做"冷香丸"。第三十回，宝玉道："姐姐怎么不看戏去？"宝钗道："我怕热，看了两出,热得很。要走,客又不散,我不得不推身上不好,就来了。"宝玉……笑道:"怪不得他们拿姐姐比杨贵妃,原也体胖怯热。"与《塞北小钞》语相应。(《庄子》:"早受命而夕饮冰,我其内热欤!"所谓胎里带来热毒,亦兼热中之讽。)

《汉名臣传》云:"康熙廿七年,法司逮问贪黩劾罢之巡抚张汧。因汧未被劾时,曾遣人赍报赴京,诘其行贿何人,初以分馈甚众,不能悉数抵塞。即而指出士奇,奉谕置勿问。士奇疏请归田,得旨,以原官解任。廿八年,从上南巡。至杭州,驾幸士奇之西溪山庄,赐御书'竹窗'扁额。九月,左都御史郭琇疏劾之曰:'有植党营私,招摇撞骗,如原任少詹事高士奇、左都御史王鸿绪等,表里为奸。'"又曰:"高士奇出身微贱,其始也徒步来京,觅馆为生。皇上因其字学颇工,不拘资格,擢补翰林,令入南书房供奉。"又曰:"士奇日思结纳谄附大臣,揽事招权,以图分肥。凡大小臣工无不知有士奇之名。'又曰:'久之羽翼既多,遂自立门户。结王鸿绪为死党,科臣何楷为义兄弟,翰林陈元龙为叔侄,鸿绪胞兄王顼龄为子女姻亲,俱寄以腹心。在外招揽,凡督抚藩臬道府厅县,以及在内之大小卿员,皆王鸿绪、何楷等为之居停哄骗。而夤缘照管者,馈至成千累万。即不属党护者,亦有常例,名曰平安钱。盖士奇供奉日久,势焰日张,人皆谓之'门路真',而士奇遂亦自忘乎其为撞骗,亦居之不疑,曰'我之门路真'。"又曰:"光棍俞子易,在京肆横有年,惟恐事发,潜通直隶天津、山东洛口地方,有虎坊桥瓦屋六十余间,价值八千金,馈送士奇求托昭拂。此外,顺成门斜街并各处房屋,总令心腹出名置买,何楷代为收租。打磨场士奇之亲家陈元龙伙计陈季方开张缎号,寄顿贿银,资本约至四十余万。又于本乡平湖县置田产千顷,大兴土木修整花园,杭州西湖广置园宅。苏、松、淮、扬王鸿绪与之合伙生理,又不下百余万。"又曰:"圣驾南巡时,上谕严诚馈送,定以军法治罪,谁敢不遵。惟士奇与王鸿绪憨不畏死,即淮、扬等处,王鸿绪招揽府厅各官约馈黄金,潜遗士奇。淮、扬如此,则他处又不知如何索诈矣"云云。得旨:"高士奇、王鸿绪、陈元龙俱着休致回籍,王项龄、何楷着留任。"《东华录》:"康熙二十八年,吏部议左副都御史许三礼奏参,原任刑部尚书徐乾学与高士奇招摇纳贿。查徐乾学与高士奇招摇纳贿之处并无实据。许三礼又奏参乾学有云:'乾学伊弟拜相之后,与亲家高士奇更加招摇,以致有"五方宝物归东海,万国金珠贡澹人"之对。'云云。"案《石头记》第四回,门子递与雨村一张护官符,"上面皆是本地大族名宦之家的谚俗口碑,云:'贾不假,白玉为堂金作马;阿房宫,三百里,住不下金陵一个史;东海缺少白玉床,龙王来请金陵王;丰年好大雪,珍珠如土金如铁。'"即许三礼疏中五方万国之对之影子也。门子又道:"这四家皆联络有亲,一损俱损,一荣俱荣,扶持遮饰,皆有照应的。今告打死人之薛,就是丰年大雪之雪。也不单靠三家,他的世交亲友都在外省本亦不少。"此即郭琇疏中死党、义兄弟、叔侄、子女姻亲及许疏中亲家等种种关系之影子也。第四回称:"薛公子亦金陵人氏……家中有百万之富,现领着内帑钱粮,采办杂料……虽是皇商,一应经纪世事,全然不知,不过赖祖父旧日情分,户部挂个虚名,支领钱粮。其余事体,自有伙计老人家等措办。"又云:"自薛蟠父亲死后,各省中所有的买卖承局、总管、伙计人等,便趁时拐骗起来,京都几处生意,渐亦销耗。"又云薛蟠要"亲自入都销算旧帐,再计新支……因此早已检点下行装细软,以及馈送亲友各色土物人情等类"。第十三回秦可卿死后,薛蟠表弟"因见贾珍寻好板,便说:'我们本店里有一付板,叫作什么樯木。'"第四十八回,"各铺面伙计内有算年帐要回家的,内有一个张德辉,自幼在薛蟠当铺内揽总……说起今年纸札香扇短少,明年必是贵的。明年先打发大小儿上来当铺照管照管,赴端阳前我顺路就贩些纸札香扇来卖。"薛蟠心下忖度:"不如也打点本钱,和张德辉逛一年来。"第六十六回,薛蟠说:"我同伙计贩了货物,自春天起身往回里走,一路平安。谁知到了平安州地方,遇见一伙强盗,已将东西劫去。不想柳二弟从那边来,方把贼人赶散,夺回货物,还救了我们的性命。"第六十七回,管总的张太爷差人送了两箱子东西来,薛蟠说"特的给妈妈合妹子带来的东西","一箱都是绸缎绫锦洋货等家常应用之物……一箱却是些笔墨纸砚、各色笺纸、香袋香珠、扇子扇坠、花粉胭脂等物,外有虎丘带来的自行人酒令儿,水银灌的打斤斗小小子,沙子灯,一出一出的泥人儿的戏,用青纱罩的匣子装着,又有在虎丘山上泥捏的薛蟠小像……薛姨妈将箱子里的东西取出,一分一分的……送给贾母并王夫人"。宝钗"将那些玩意儿一件一件的过了目,除了自己留用之外,一分一分的配合妥当……使莺儿同着一个老婆子跟着送往各处"。宝玉到黛玉处,"见堆着许多东西,就知道是宝钗送来的,便取笑说道:'那里这些东西,不是妹妹要开杂货铺啊?'"第五十七回,邢岫烟把绵衣服当了,宝钗问当在那里,岫烟道:"叫做甚么'恒舒'了,是鼓楼西大街。"宝钗笑道:"闹在一家去了。伙计们倘或知道了,好说人没过来,衣裳先到了。"岫烟听说,便知是他家的本钱。第四十五回,黛玉对宝钗道:"你如何比得我?你……这里有地土买卖,家里又仍旧有房有地。"均与郭琇疏中所谓房屋、田产、园宅、缎号资本及馈送等事相应。薛蟠在平安州遇盗,与平安钱相应。

探春影徐健庵也。健庵名乾学,乾卦作三,故曰三姑娘。健庵以进士第三名及第,通称探花,故名探春。健庵之弟元文入阁,而健庵则否,故谓之庶出。然许三礼劾健庵,一则曰:"胆恃胞弟徐元文钦点入阁";再则曰:"伊弟拜相之后,与亲家高士奇更加招摇,以致有'去了余秦桧(指余国柱),来了徐严嵩。乾学似庞涓,是他大长兄'之谣。又有'五方宝物归东海(徐氏),万国金珠贡澹人'之对。"是健庵虽不入阁,而其时亦有炙手可热之势。故《石头记》第五十五回,凤姐儿道:"好个三姑娘!我说不错。只可惜他命薄,没托生在太太肚里。"平儿笑道:"他便不是太太养的,难道谁敢小看他,不与别的一样看待么?"又,凤姐病中,王夫人命探春合同李纨协理,又请了宝钗来,"他三人一理,更觉比凤姐当权时倒更谨慎了些。因而里外下人都暗中抱怨说:'刚刚倒了一个巡海夜叉,又添了三个镇山太岁。'"此即影射"去了余秦桧,来了徐严嵩"一谣也。

韩慕庐所作《徐健庵行状》有云:"吴中文社故盛公为之领袖。"

又云："壬子主试顺天,以独赏为公鉴。往往怜收既落之才,即遗卷中有一佳言迥句,咨嗟吟讽,以失之为恨。"又云："公故负海内望,而勤于造进,笃于人物。一时庶几之流,奔走辐辏如不及;山林遗逸之老,不远千里乐从公。后生之才进者,延誉荐引无虚日。"案《石头记》有"秋爽斋偶结海棠社",指此。又二十七回,探春嘱宝玉道："这几个月我又攒下有十来串钱了,你还拿了去,明儿出门逛去的时候,或是好字画,好轻巧顽意儿,替我带些来。"又道："什么像你上回买的那柳枝儿编的小篮子,整竹子根挖的香盒儿,胶泥垛的风炉儿,这就好了。"即以表其延揽文士之故事也。

《行状》又云："尝请崇节俭辨等威,因申衣服之禁,使上下有章。"案《石头记》第二十七回,探春嘱宝玉带轻巧玩意儿,"拣那朴而不俗、直而不拙的"。又道："我还像上回的鞋做一双你穿,比那双还加功夫,如何呢?"宝玉道："那回穿着,可巧遇见老爷……说:何苦来!虚耗人力,作践绫罗……赵姨娘抱怨的了不得:正经兄弟鞋踢撁袜踢撁的……"探春道:"怎么我是做鞋的人么?环儿难道没有分例的?衣裳是衣裳,鞋袜是鞋袜……"盖影射此事。

《澹园集》有赐览皇太子书法奏称"皇太子历年亲写所读书本及临摹楷法,共大小八篋有奇"。案《石头记》七十回,探春"每日临一篇楷字与宝玉"影此。

健庵迭被弹劾,于康熙二十九年回里,许以书局自随,儗居洞庭东山。《石头记》一百回至一百二回历叙探春远嫁;第五回,"画着两人放风筝,一片大海,一只大船,船中有一女子,掩面泣涕之状。诗曰：……清明涕送江边望，千里东风一梦遥。"皆指此。(《行状》曰："再疏乞骸骨，上允所请。时已仲冬，命且过冬行。二十九年春抵家。"诗中"清明"字指此。)

王熙凤影余国柱也。王即"柱"字偏旁之省。"國"字俗写作"国"，故熙凤之夫曰琏，言二王字相连也（楷书王玉同式）。国柱为户部尚书，故贾琏行二，且贾氏财政由熙凤管理。国柱曾为江宁巡抚，故熙凤协理宁国府。《汉名臣传》云："康熙二十八年三月，给事中何金蔺疏言：'凡解职解任官仍居原任地方，例有明禁。余国柱曾为江宁巡抚，洊陟大学士，不思竭忠图报，黩货无厌，秽迹彰闻，荷恩放归里。乃被黜后，挟辎重往江宁省城，购买第宅，广营生计，呼朋引类，垄断攫金，借势招摇，显违禁例。乞饬部严议。'事下，两江总督传拉搭察讯，以留恋原任地方，购买第宅，并设立钱店典铺覆奏。刑部拟杖折赎，诏免罪。趣回籍，寻卒于家。"《石头记》第五回有金陵十二正副册，正册中有一片冰山，上有一只雌凤，其判语有云："哭向金陵事更哀。"五十四回女先儿说书，说"残唐之时有一位乡绅，本是金陵人氏，名唤王忠（忘忠），曾做两朝宰辅。如今告老回家，膝下只有一位公子名唤王熙凤"。第一百一回，散花寺神签正面写着"王熙凤衣锦荣归"。大了道："奶奶最是通今博古的，难道汉朝的王熙凤求官的一段事也不晓得？"签文云："去国离乡二十年，于今衣锦返家园。蜂采百花成蜜后，为谁辛苦为谁甜！"大了道："奶奶自幼在这里长大，何曾回南京去了？如今老爷放了外任，或者接家眷来，顺便还家，奶奶可不是衣锦还乡了。"宝钗道："据我看,这'衣锦还乡'四字里头还有缘故。"第一百十四回"王熙凤历劫返金陵",王夫人打发人来说,"琏二奶奶没有住嘴说些胡话,要船要轿的,说到金陵归入册子去"。皆指被黜后仍居江宁也。第一百五回"锦衣军查抄宁国府",赵堂官说:"贾赦、贾政并未分家,闻得他侄儿贾琏现在承总管家,不能不尽行查抄。"又云:"有一起人回说,东跨房查出两箱房地契文,一箱借票,都是违例取利的。"王爷道:"番役呈禀有禁用之物并重利欠票。""两家王子问贾政道:'所抄家资内有借券,实系盘剥,究是谁行的?'……贾琏忙走上跪下禀道:'这一箱文书既在奴才屋内抄出来,敢说不知道么?'"第一百六回,贾政问贾琏道:"那重利盘剥究竟是谁干的?况且非咱们这样人家所为。"又凤姐对平儿说:"虽说事是外头闹得,我若不贪财,如今也没有我的事。"皆与何疏相应也。

  国柱曾于康熙二十七年为御史郭琇所劾,称其"在内阁票拟,承顺大学士明珠指麾,轻重任意;与尚书佛伦等结党,把持督抚藩臬缺出,展转援引,总揽贿赂;保送学道及科道内升出差,率皆居功要索"云云。《石头记》中叙凤姐逢迎贾母、王夫人无微不至,而营私弋利等事亦层见迭出。例如三十六回,"且说王凤姐自见金钏儿死后,忽见几家仆人常来孝敬他些东西,又不时来请安奉承,自己倒生了疑惑,不知何意。这日又见人来孝敬他东西,因晚间无人时笑问平儿。平儿冷笑道:'我猜他们女儿都必是太太房里的丫头。如今太太房里有四个大的,一个月一两银子的分例,下剩的都是一个月只几百钱。如今金钏儿死了,必定他们要弄这一两银子的巧宗儿呢。'凤姐听了笑道：'……也罢了，他们几家的钱也不能容易化到我跟前，这是他们自寻的，送什么来我就收什么，横竖我有主意。'凤姐儿安下这个心，所以只管耽延着，等那些人把东西送足了，然后乘空方回王夫人"云云。十六回，贾琏的乳母赵嬷嬷替两个儿子求事情，道："……倒是来和奶奶说是正经，靠着我们爷，只怕我还饿死了呢。"又"凤姐忙向贾蔷道：'我有两个在行妥当人，你就带他们去办，这倒便宜了你呢。'贾蔷忙陪笑道：'正要和婶娘讨两个人呢，这可巧了。'……贾蓉悄悄的问凤姐道：'婶娘要什么东西，分付了，开个账儿给我兄弟带去，按账置办了来。'"二十四回，"贾芸见了贾琏，因打听可有什么事情。贾琏告诉他道：'前儿倒有一件事情出来，偏生你婶娘再三求了我，给了贾芹了。他许我说，明儿园里还有几处要栽花木的地方，等这个工程出来，一定该你就是了。'"又贾芸送香料后，"凤姐道：'……怪道你叔叔常提起你来……'贾芸问道：'原来叔叔也常提我的？'凤姐见问，便要告诉给他事情管的话，一想，又恐怕被他看轻了，只说得了这点香料儿，便混许他管事。因又止住，且把派他种花木工程等事，都一字不提。至次日，凤姐上车，见贾芸来，便命人唤住，隔窗子笑道：'芸儿，你竟有胆子在我跟前弄鬼，怪道你送东西给我，原来你有事求我。昨日你叔叔才告诉我，说你求他。'贾芸笑道：'求叔叔的事婶娘休提，我这里正后悔呢。早知这样，我一起头就求婶娘，这会子也就完了，谁承望叔叔竟不能的。'……凤姐冷笑道：'你们要拣远路儿走，叫我也难。早告诉我一声，什么不成了，多大点事儿，耽误到这会子。那园子里还要种树种花,我只想不出个人来,早说不早完了。'贾芸笑道:'这样明日婶娘就派我罢。'凤姐半晌道:'这个我看着不大好。等明年正月里的烟火灯烛那个大宗儿下来,再派你罢。'贾芸道:'好婶娘,先把这个派了我罢。果然这件办的好,再派我那件。'凤姐笑道:'你倒会拉长线儿!罢了,若不是你叔叔说,我不管你的事。……你到午初时候来领银子,后日就进去种花。'"又十五回,凤姐到水月庵中,老尼说张金儿退婚事道:"'……我想如今长安节度使云老爷与府上相契,要求太太与老爷说声,发一封书,求云老爷和那守备说一声,不怕他不依。若是肯行,张家连倾家孝顺也都情愿。'凤姐笑道:'这事倒不大,只是太太再不管这样的事。'老尼道:'太太不管,奶奶可以主张了。'凤姐笑道:'我也不等银子使,也不做这样的事。'……凤姐道:'……凭说这么事,我说要行就行。你叫他送二三千两银子来,我就替他出这口气。'……'我比不得他们扯篷拉纤的图银子,这三千两银子不过是给打发去说的小厮们作盘缠,使他赚几个辛苦钱,我一个钱也不要。便是三万两,我此刻还拿得出来。'……凤姐便将昨日老尼之事悄悄的说与来旺儿。旺儿心中早已明白,急忙进城找着主文的相公,假托贾琏所嘱,修书一封,连夜往长安县来,不过百里之遥,两日功夫俱已妥协。那节度使名唤云光,久欠贾府之情,这些小事,岂有不允之理,给了回书。"皆与郭琇所劾相应也。

国柱在江宁巡抚任,曾疏请增设机房四十二间,制造宽大缎匹。得旨:"宽大缎匹非常用之物,何为劳民糜费,斥所奏不行。"案

《石头记》第三回,黛玉初到时,"熙凤道:'刚才带了人到后楼上找缎子,找了半日也没见昨日太太说的那样,想是太太记错了?'王夫人道:'有没有,什么要紧!'因又说道:'该随手拿出两个来给你妹妹裁衣裳的,等晚上想着再叫人去拿罢。'熙凤道:'倒是我先料着了,知道妹妹这两日到的,我已预备下了。等太太回去过了目好送来。'"七十二回,凤姐道:"昨儿晚上梦见一个人找我,说娘娘打发他来要一百匹锦。"均影此。

国柱于康熙十八年礼科掌印给事中任内,劾浙江水师提督常进功:"年老耳聋,非大声高呼,不闻一语。恐秘密军机因之泄露,所关匪细。"疏下部察议,罢进功任。案《石头记》第五十四回,"凤姐儿笑道:'再说一个过正月节的,几个人拿着房子大的炮仗往城外去放,引了上万的人跟着瞧去,有一个性急的人等不得,便偷着拿香点着。只听见扑哧的一声,众人哄然一笑,都散了。这抬炮仗的人抱怨卖炮仗的干的不结实,没等放就散了。'湘云道:'难道本人没听见?'凤姐儿道:'本人原是个聋子。'……凤姐儿笑道:'咱们也该聋子放炮仗,散了罢。'"又第二十七回,"凤姐又笑道:'林之孝两口子都是锥子扎不出一声儿来的。我成日家说,他们倒是配就了的一对夫妻,一个天聋,一个地哑。'"皆影此。

国柱于顺治九年成进士,然其文辞不多见。其同时诸人著作中,惟陈其年骈文有大冶余国柱一序。案《石头记》中,王熙凤不甚识字,如四十五回,探春等要请凤姐做监社御史,"凤姐笑道:'我又不会做什么湿的干的……'探春道:'你虽不会做,也不要你做。'"

五十回,"凤姐儿道:'即这样说,我也说一句在上头。'……李纨将题目讲与他听。凤姐儿想了半日,笑道:'你们别笑话我,我只有一句粗话。'"七十回,"凤姐因理家常久,每每看帖看帐,也颇识得几个字了。"四十二回,宝钗笑道:"幸而凤丫头不认得字,不大通,一概是市俗取笑。"大约因国柱非文学家,故以不识字形容之。

史湘云,陈其年也。其年又号迦陵,史湘云佩金麒麟,当是"其"字"陵"字之借音。氏以史者,其年尝以翰林院检讨纂修明史也。名以湘云,又号枕霞旧友,当皆以其狎紫云故。蒋永修所作《陈检讨迦陵先生传》曰:"尝嬖歌童云郎,云亡,睹物辄悲,若不自胜者。"又蒋景祁所作《迦陵先生外传》曰:"先生寓水绘园,欲得紫云侍砚。冒母马太夫人靳之,必得梅花百咏乃可。雪窗一夕走笔遂成之。"可以见其年与紫云之关系矣。

徐健庵所作《陈检讨维崧墓志铭》:"京师自公卿下,无不藉藉其年名,倾慕原交者。然其年所居在城北市廛,庳陋才容膝。蒲帘土锉,摊书其中而观之。歠菽啖饭,沉思经籍。有余无问从所来,时时匮乏,困卧而已。……君修髯,美丰仪,风流倜傥。……君门阀清素,为人恂恂谦抑。襟怀坦率,不知人世有险巇事。"又徐健庵作《湖海楼集序》曰:"其年检讨,阳羡贵公子,与余相识在戊亥之间。尝下榻澹园,流连欢剧。每际稠人广坐,伸纸援笔,意气扬扬,旁若无人。"案《石头记》常写史湘云之爽直,如第五回《红楼梦曲·乐中悲》云:"幸生来英豪阔大宽宏量,从未将儿女私情略萦心上。"二十回,"只见史湘云大说大笑"。三十一回,"迎春笑道:'我就嫌他爱说话。也没见睡在那里还是咕咕呱呱的笑一阵,说一阵,也不知那里来的那些诓话。'"三十二回,袭人道:"云姑娘,你如今大了,越发心直口快了。"四十九回,"史湘云极爱说话的,那里禁得香菱又请教他谈诗,越发高兴了,没昼没夜的高谈阔论起来"。六十二回,"史湘云笑着道:'这个(拇战)简断爽利,合了我的脾气。我不行这个射覆,没得垂头丧气闷人,我只猜拳去了。'"百八回,"宝玉心里想道:我只说史妹妹出了阁是换了一个人了……如今听他的话,原是和先一样的。"皆与其年相应。

《墓志铭》曰:"京师自公卿下,凡人事往来贺赠宴饯颂述之作,必得其文以为荣。其年辄提笔缀辞,益与酬酢不休。"又曰:"君所作歌,随处散落人间。"传曰:"辛卯壬辰间,吴门云间常润大兴文会,四郡名士毕集。觞酌未引,髯索笔赋诗,数十韵立就。或时作记序,用六朝俳体,顷刻千言,巨丽无比。诸名士惊叹以为神。"案《石头记》极写湘云诗思之敏捷,如第三十七回,湘云初到,李纨罚他和诗。"湘云一心兴头,不待推敲删改,一面只管和他人说着话,心内早已和成"。五十回芦雪亭联句,"湘云那里肯让人,且别人也不如他敏捷"。皆是。

《墓志铭》曰:"遇花间席上,尤喜填词。兴酣以往,常自吹箫而和之,人或指以为狂。其词至多,累至千余阕,古所未有也。"传曰:"所作词尤凌厉光怪,变化若神,富至千八百首。"《石头记》七十回"史湘云偶填柳絮词",湘云说道:"咱们这几社总没有填词,明日何不起社填词。"与其年好为词相应。

《别传》曰:"先生尝自中州入都,同秀水朱竹垞合刻一稿,名《朱陈村词》。"《石头记》六十七回,凹晶馆湘云、黛玉联句,殆影此。

《传》曰:"髯贫,无子。先是游商丘,买妾,妾父母闻其世家,游装都雅,意其富,许之。举一子,名狮儿。岁三周,载与俱归。妾父母暨妾始知髯贫,且老诸生耳。未几,狮儿竟夭,髯寻遣妾去。去二年,髯拔起荐辟,官检讨云。然髯自得官后,贫益甚,储孺人卒于家,生死不相见,益悼痛不自聊赖。壬戌患头痛,遂不起。"《墓志铭》曰:"授翰林院检讨后四年,年五十八而病作,积四十余日卒。"《石头记》,《乐中悲》曲:"襁褓中父母叹双亡。纵居绮罗丛,谁知娇养。"三十二回,宝钗道:"为什么这几次他(湘云)来了,他和我说话儿,见没人在眼前,他就说家里累得很。我再问他几句家常的话,他就连眼圈儿都红了,口里含含糊糊,待说不说的。想其情景自然从小没了爹娘的苦。我看他,也不觉伤起心来。"三十六回,"史湘云穿得整整齐齐走来,辞说家里打发人来接他。……那史湘云只是眼泪汪汪的,见有他家人在跟前,又不敢十分委屈……还是宝钗心内明白,他家人若回去告诉了他婶娘,待他家去又恐怕受气。"所以写其未仕以前之厄运也。《红楼梦曲》又云:"……好一似霁月光风耀玉堂,厮得个才貌仙郎,博得个地久天长。准折幼年时坎坷形状,终久是云散高唐,水涸湘江。"百九回,"史姑娘哭得了不得,说是姑爷得了暴病,大夫都瞧了,说这病只怕不能好,若变了痨病,还可捱过四五年"。百十回,史湘云"想到自己命苦,刚配了一个才貌双全的男人,性情又好,偏偏得了冤孽症候,不过挨日子罢了"。百十八回,王夫人道:"就是史姑娘是他叔叔的主意,头里原好,如今姑爷痨病死了,你史妹妹立志守寡,也就苦了。"皆所以写其既仕以后之厄运也。其年出于明之世家而入清,故以父母早亡喻之。

《别传》曰:"相传先生为善卷山中诵经猿再世,故其性情萧淡,不耐拘检。疾革时,吟'山鸟山花是故人'句而逝。"《石头记》四十九回,"一时史湘云来了,穿着贾母与他的一件貂鼠脑袋面子、大毛黑灰鼠里子、里外发烧大褂子,头上戴着一顶挖云鹅黄片金里大红猩猩毡昭君套,又围着大貂鼠风领。黛玉先笑道:'你们瞧瞧,孙行者来了。'……只见他里头穿着一件半新的靠色三镶领袖秋香色盘金五色绣龙窄褙小袖掩襟银鼠短袄,里面短短的一件水红妆段狐嵌褶子,腰里紧紧束着一条蝴蝶结子长穗五色宫绦,脚下也穿着鹿皮小靴,越显得蜂腰猿背、鹤势螂形。"五十回"暖香坞巧制春灯谜","湘云想了一想笑道:'我编了一支《点绛唇》……便念道:溪壑分离,红尘游戏,真何趣?名利犹虚,后事总难提。'众人都不解,想了半日,有猜是和尚的,也有猜是道士的,也有猜是偶戏人的。宝玉笑了半日道:'都不是,我猜着了,必定是耍的猴儿。'湘云笑道:'正是这个了。'众人道:'前头都好,末后一句怎样解?'湘云道:'那一个耍的猴儿,不是剁了尾巴去的。'"皆影射山猿再世之传说也。众人猜为和尚道士,而猜者又为将做和尚之宝玉,皆影诵经猿。所谓后事总难提,所谓剁了尾巴,则影其殁后无子云。

《墓志铭》曰:"口蹇讷,不善持论。"《石头记》二十回,"黛玉笑道:'偏你咬舌子爱说话,连个二哥哥也叫不上来,只是爱哥哥爱哥哥哥的。回来赶围棋儿，又该你闹幺爱三了。'宝玉笑道：'你学会了，明儿连你还咬起来呢。'湘云笑道：'我只保佑着明儿得一个咬舌儿林姊夫，时时刻刻你可听爱呀厄的去。'"即影此。

妙玉，姜西溟也（从徐柳泉说）。姜为少女，以妙代之。诗曰："美如玉，美如英。""玉"字所以影"英"字也。（第一回名石头为赤霞宫神瑛侍者，神瑛殆即宸英之借音。）

全谢山所作《翰林院编修姜先生宸英墓表》曰："常熟翁尚书者，先生之故人也。是时，枋臣方排睢州汤文正公，而尚书为祭酒，受枋臣旨，劾睢州为伪学。枋臣因擢之副詹事以逼睢州，以睢州故兼詹事也。先生以文显责之，一日而其文遍传京师，尚书恨甚。枋臣有子多才，求学于先生，枋臣颇欲援先生登朝。枋臣有幸仆曰安三，势倾京师，欲先生一假借而不可得。枋臣之子乘间言于先生曰：'家君待先生厚，然而卒不得大有欤助。某以父子之间亦不能为力者，何也？盖有人焉。愿先生少施颜色，则事可立谐。'……先生投杯而起曰：'吾以汝为佳儿也，不料其无耻至此。'绝不与通。"又方望溪《记姜西溟遗言》曰："徐司寇健庵，吾故交也。能进退天下士，平生故人并退就弟子之列，独吾与为兄弟称。其子某作楼成，饮吾以落之曰：'家君云，名此必海内第一流，故以属先生。'吾笑曰：'是东乡可名东楼。'"《墓表》又云："尝于谢表中用义山点窜尧典舜典二语，受卷官见而问曰：'是语甚粗，其有出乎？'先生曰：'义山诗未读耶？'"案《石头记》中，极写妙玉之狷傲。第十八回，王夫人道："这样我们何不接了他（妙玉）来。"林之孝家的回道："若接他,他说,侯门公府,必以权势压人,我再不去的。"王夫人道:"他既是宦家小姐,自然要傲些,就下个请帖何妨。"四十一回,"妙玉忙命将成窑的茶杯别收,搁在外头去罢。宝玉会意,知为刘老老吃了,他嫌肮脏不要了。黛玉因问:'这也是旧年的雨水?'妙玉冷笑道:'你这么个人竟是大俗人,连水也尝不出来……'黛玉知他天性怪僻,不好多话,亦不好多坐……宝玉道:'那茶杯……不如就给了那贫婆子罢。'……妙玉点头说道:'这也罢了。幸而那杯子是我没吃过的,若是我吃过的,我就碰碎了也不能给他……你只交给他快拿了去罢。'宝玉道:'自然如此,你那里和他说话去,越发连你都肮脏了。'……宝玉又道:'等我们出去了,我叫几个小幺儿来。河里打几桶水来洗地如何?'妙玉笑道:'这更好了,只是嘱咐他们,抬了水只搁在山门外头墙根下,别进门来。'"六十三回,"岫烟笑道:'我找妙玉说话。'宝玉听了诧异,说道:'他为人孤癖,小合时宜,万人不入他的目。原来他推重姐姐,竟知姐姐不是我们一流俗人。'……宝玉将拜帖取写岫烟看(拜帖写"槛外人妙玉恭肃遥叩芳辰")。岫烟笑道:'他这脾气竟不能改,竟是生成这等放诞诡僻了。从来没见拜帖上写别号的……他常说:古人中自汉晋唐宋以来,皆无好诗,只有两句好,说道:'纵有千年铁门槛,终须一个土馒头。'所以他自称'槛外之人'。又常赞文是庄子的好,故又或称为'畸人'。他若帖子上是自称'畸人'的,你就还他个'世人'。畸人者,他自称是畸零之人;你谦自己乃世上扰扰之人,他便喜了。如今他自称'槛外之人',是自谓蹈于铁槛之外了;故你如今只下'槛内人',便合了他的心了。"八十七回,"宝玉悉把黛玉的事(抚琴)述了一遍,因说:'咱们去看他。'妙玉道:'从古只有听琴,再没有看琴的。'宝玉笑道:'我原说我是个俗人。'"九十五回,岫烟"求妙玉扶乩,妙玉冷笑几声说道:'我与姑娘来往,为的是姑娘不是势利场中的人。今日怎么听了那里的谣言,过来缠我。'……岫烟知他脾气是这么着的。"一百九回:"妙玉来看贾母病,岫烟出去接他,说道:'……况且咱们这里的腰门常关着,所以这些日子不得见你。'妙玉道:'……我那管你们关不关,我要来就来,我不来,你们要我来也不能啊。'岫烟笑道:'你还是那种脾气。'"又第五回《红楼梦曲》《世难容》云:"天生成孤僻人皆罕,你道是啖肉食腥膻(西溟不食豕,见下条),视绮罗俗厌。"皆是。

  西溟性虽狷傲,而热衷于科第。方望溪曰:"西溟不介而过余,以其文属讨论,曰:'吾自度尚有不止于是者,以溺于科举之学,东西奔迫,不能尽其才,今悔而无及也。'"朱竹垞《书姜编修手书帖子后》云:"予尝劝罢乡试,西溟怒不答。平生不食豕,兼恶人食豕。一日,予戏语之曰:'假有人注乡贡进士榜,蒸豕一样'曰食之则以淡墨书子名,子其食之乎?'西溟笑曰:'非马肝也。'"《石头记》八十七回:"宝玉一面与妙玉施礼,一面又笑问道:'妙公轻易不出禅关,今日何缘下凡一走?'妙玉听了,忽然把脸一红,也不答言,低了头自看那棋。……宝玉尚未说完,只见妙玉微微的把眼一抬,看了宝玉一眼,复又低下头去,那脸上的颜色渐渐的红晕起来。……重新坐下,痴痴的问着宝玉道:'你从何处来?'……妙玉坐到三更过后,听得屋上咯碌碌一片瓦响。……忽听房上两个猫儿一递一声厮叫。那妙玉忽想起日间宝玉之言,不觉一阵心跳耳热。自己连忙收摄心神,走进禅房,仍归禅床上坐了。怎奈神不守舍,一时如万马奔驰,觉得禅床便恍荡起来。……大夫道:'这是走火入魔的原故。'……外面那些游头浪子听见了,便造作许多谣言,说这样年纪,那里忍得住!况且又是很风流的人品,很乖觉的性灵,以后不知飞在谁手里,便宜谁去呢!……惜春因想妙玉虽然洁净,毕竟尘缘未断。"皆写其热衷之状态也。

西溟未遇时,欲提挈之者甚多,忌之者亦不鲜。《墓表》曰:"凡先生入闱,同考官无不急欲得先生者,顾佹得佹失。"又曰:"当是时,圣祖仁皇帝润色鸿业,留心文学,先生之名,遂达宸听。一日谓侍臣曰:'闻江南有三布衣,尚未仕耶?'三布衣者,秀水朱先生竹垞,无锡严先生耦渔及先生也。又尝呼先生之字曰:'姜西溟古文,当今作者。'……会征博学鸿儒,昆山叶公与长洲韩公相约连名上荐。叶公适以宣召入禁中浃月,既出,则已无及矣。新城王公叹曰:'其命也夫!'……先生累以醉后违科场格致斥。……受卷官怒,高阁其卷,不复发誊(因先生斥其未读义山诗)。遗言曰:'翁司寇宝林用此(刊布责翁文)相操尤急,此吾所以困至今也。'"李次青《姜西溟先生事略》曰:"始睢州典试浙中,叹息语同事:'暗中摸索,勿失姜君。'竟弗得。嗣后每榜发,无不以失先生为恨者。"《曝书亭集》有《为姜宸英题画诗》,孙注曰:"案己未鸿博试,据其乡后进云,以厄于高江村詹事不获举。"《墓表》又曰:"康熙丁丑,年七十矣,先生入闱,复违格。受卷官见之叹曰:'此老今年不第,将绝望而归耳。'为改正之。遂成进士。"《石头记》第五回《红楼梦曲》(《世难容》)云:"好高人共妒,过洁世同嫌。可叹这青灯古殿人将老,辜负了红粉朱楼春色阑。……又何须王孙公子叹无缘。"百十二回:"妙玉说道:'我自玄墓到京,原想传个名的,为这里请来,不能又栖他处。'"八十七回:"怎奈神不守舍。……身子已不在庵中,便有许多王孙公子要求娶他,又有些媒婆扯扯拽拽扶他上车。"五十回:"李纨说:'可厌妙玉为人,我不理他。'"皆写其不遇之境也。

《墓表》曰:"以己卯试事,同官不饬篝篑,牵连下吏,满朝臣寮,皆知先生之无罪,顾以其事泾渭各具,当自白,而不意先生遽病死。新城方为刑部,叹曰,'吾在西曹,使湛园以非罪死狱中,愧何如矣!'"方望溪曰:"己卯主顺天乡试,以目昏不能视,为同官所欺,挂吏议,遂发愤死刑部狱中。……平生以列文苑传为恐,而末路乃重负污累。然观过知仁,罪由他人,人皆谅焉。而发愤以死,亦可谓狷隘而知耻者矣。'"《石头记》百十二回:"有人大声的说道:'我说那三姑六婆,是最要不得的。……那个什么庵里的尼姑死要到咱们这里来。……那腰门子一会儿开着,一会儿关着,不知做什么。……我今日才知道是四姑奶奶的屋子,那个姑子就在里头,今日天没亮溜出去了,可不是那姑子引进来的贼么?'……包勇道:'你们师父引了贼来偷我们,已经偷到手了,他跟了贼去受用去了。'"百十五回:"地藏的姑子问惜春道:'前儿听见说栊翠庵的妙师父,怎么跟了人去了?'惜春道:'那里的话!说这个话的人,提防着割舌头。人家遭了强盗抢去,怎么还说这样的坏话。'那姑子道:'妙师父为人怪癖,只怕是假惺惺的罢。'"五回《红楼梦曲》曰:"到头来依旧是风尘肮脏违心愿,好一似无瑕白玉遭泥陷。"皆写其受诬也。百十二回:"妙玉自己坐着,觉得一股香气透入囟门,便手足麻木不能动弹,口里也说不出话来,心中更自着急。……此时妙玉如醉如痴,可怜一个极洁极净的女儿,被这强盗的闷香薰住,由着他摆布去了"。写其以目昏而为同官所欺也。百十二回又云:"不知妙玉被劫,或是甘受污辱,还是不屈而死,未知下落,也难妄拟。……惜春想起昨日包勇的话来,必是那强盗看见了他,昨晚抢去,也未可知。但是他素来孤洁得很,岂肯惜命?"百十七回:"恍惚有人说,是有个内地里的人城里犯了事,抢了一个女人下海去了,那女人不依,被这贼寇杀了。众人道:'咱们栊翠庵的妙玉,不是叫人抢去?不要就是他罢?'贾芸道:'前日听见人说他庵里的道婆做梦,说看见是妙玉叫人杀了。'"皆写其瘐死狱中也。

  西溟祭纳兰容若文,有曰:"兄一见我,怪我落落,转亦以此赏我标格。……我蹶而穷,百忧萃止。是时归兄,馆我萧寺。人之忯忯,笑侮多方。兄不谓然,待我弥庄。……梵筵栖止,其室不远。纵谈晨夕,枕席书卷。余来京师,刺字漫灭。举头触讳,动足遭跌。兄辄怡然,忘其颠蹶。数兄知我,其端非一。我常箕踞,对客欠伸。兄不余傲,知我任真。我时谩骂,无问高爵。兄不余狂,知余疾恶,激昂论事,眼睁舌挢。兄为抵掌,助之叫号。有时对酒,雪涕悲歌。谓余失志,孤愤则那。彼何人斯?实应且憎。余色拒之,兄门固扁。"《石头记》中写妙玉品性均与之相应,而萧寺及梵筵云云,尤为栊翠庵之来历也。

惜春,严荪友也。荪友为荐举鸿博四布衣之一,故曰四姑娘。荪友又号藕渔,亦曰藕荡渔人,故惜春住藕榭,诗社中即以藕榭为号。

《池北偶谈》:"公卿荐举鸿博,绳孙目疾,是日应制仅为八韵诗。"朱竹垞《严君墓志》:"晚岁有以诗文画请者,概不应。"《石头记》三十七回:"惜春本性懒于诗词。"殆指此。

《墓志》曰:"君兼善绘事。"李次青《严荪友事略》又称其尤精画凤。《石头记》惜春之婢名入画。第四十回:"贾母指着惜春笑道:'你瞧我这个小孙女儿,他就会画。等明儿叫他画一张如何?'"第四十二回:"李纨笑道:'四丫头要告一年的假呢。'黛玉笑道:'都是老太太昨儿一句话,又叫他画什么园子图儿,惹得他乐得告假了。'"五十回:"贾母道:'那是你四妹妹那里暖和。我们到那里,瞧瞧他的画儿,赶年可能有了不能。'众人笑道:'那里能年下就有了,只怕明年端阳才有呢。'贾母道:'这还了得!他竟比盖这个园子还费功夫了。'……只问惜春画在那里,惜春因笑道:'天气寒冷了,胶性皆凝涩不堪,画了恐不好看,故此收起来了。'"皆借荪友绘事为点缀。其所云请假一年,明年才有,及天寒收起等,则晚岁不应之义也。

《墓志》曰:"君归田后,杜门不出,筑堂曰'雨青草堂',亭曰'佚亭'。布以窠石、小梅、方竹,宴坐一室以为常。暇辄扫地焚香而已。"《事略》曰:"既入史馆,分纂《隐逸传》,容与蕴藉,盖多自道其志行云。"《石头记》七十四回:"惜春年幼,天性孤僻,任人怎说,只是咬定牙,断乎不肯留着(入画)。又说道:'不但不要入画,如今我也大了,连我也不便往你们那边去了。况且近日闻得多少议论,我若再去,连我也编派。……我一个姑娘,只好躲是非的,我反寻是非,成个什么人了!……我只能保住自己就够了,以后你们有事,好歹别累我。……状元难道没有糊涂的?……怎么我不冷?我清清白白的一个人,为什么叫你们带累坏了?……你这一去了,若果然不来,倒也省了口舌是非,大家倒还干净。'"八十七回:"惜春想:'我若出了家时,那有邪魔缠扰。一念不生,万缘俱寂。'想到这里,蓦与神会,若有所得,便口占一偈云:'大造本无方,云何是应住。既从空中来,应向空中去。'占毕,即命丫头焚香,自己静坐了一回"。百十五回:"惜春道:'如今譬如我死了似的。放我出了家,干干净净的一辈子。'"皆写其杜门不出扫地焚香之决心也。

宝琴,冒辟疆也。辟疆名襄,孔子尝学琴于师襄,故以琴字代表之。

辟疆有姬曰董白,其没也,辟疆作《影梅庵忆语》以哀之,有曰:"壬午清和晦日,姬送余至北固山,舟泊江边。时西先生毕令梁寄余夏西洋布一端,薄如蝉纱,洁比雪艳,以退红为里,为姬制轻衫,不减张丽华桂宫霓裳也。偕登金山,山中游人数千,尾余两人,指为神仙。"又曰:"余家及园亭,凡有隙地,皆植梅。春来早夜出入,皆烂缦香雪中,姬于含蕊时,先相枝之横斜,与几上军持相受,或隔岁便芟剪得宜,至花放,恰采入供。"《石头记》四十九回:"湘云又瞧着宝琴笑道:'这一件衣裳,也只配他穿,别人穿了实在不配。'"五十回:"贾母一看四面粉妆银砌,忽见宝琴披着凫靥裘,站在山坡背后遥等,身后一个丫鬟抱着一瓶红梅。……喜的忙笑道:'你们瞧这雪坡上,配上他这个人物,又是这件衣裳,后头又是这梅花,像个什么?'众人都笑道:'就像老太太房里挂的仇十洲画的《艳雪图》。'贾母摇头笑道:'那画的那里有这件衣裳,人也不能这样好。'……这是已许配梅家了。……把他许了梅翰林的儿子。'"四十九回:"薛蝌因当年父亲已将胞妹薛宝琴许配都中梅翰林之子为媳,"皆与《影梅庵忆语》中语相应。

张公亮所作《冒姬董小宛传》:"小宛,秦淮乐籍中奇女也。……徙之金阊。……住半塘。……自西湖远游于黄山白岳间者将三年。……自此渡浒墅,游惠山,历毗陵、阳羡、澄江,抵北固,登金焦。"《石头记》五十回,"薛姨妈道:'他从小儿见的世面倒多,跟他父亲四山五岳都走遍了。他父亲带了家眷,这一省逛一年,明年又到那一省逛半年,所以天下十停走了有五六停了。'……宝琴走来笑道:'从小儿所走的地方的古迹不少,我如今拣了十个地方古迹,做了十首怀古诗。'"五十一回:"宝琴十首怀古绝句,为赤壁、交趾、钟山、淮阴、广陵、桃叶渡、青冢、马嵬、蒲东寺、梅花观十处。"虽地名不皆符合,然彼此足相印证。

辟疆之别墅曰水绘园。《石头记》五十二回:"宝琴说曾见真真国女子。"盖用《闻奇录》中画中美人名真真事,以影绘字。此女子所作诗,有曰:"昨日朱楼梦,今宵水国吟。"上句言其不忘明室,下句则即谓水绘园也。

古人尝以千里草影董字。后汉童谣"千里草,何青青"是也。《石头记》五十回:"李绮灯谜,以萤字打一个字。宝琴猜是花草的花字。黛玉笑道:'萤可不是草化的。'"殆亦以草字影董字也。相传董小宛实非病死,而被劫入清宫。草化为萤,疑即指此。萤与荣国府之荣同音也。

刘老老,汤潜庵也(合肥蒯君若木为我言之)。潜庵受业于孙夏峰凡十年。夏峰之学,本以象山、阳明为宗。《石头记》:"刘老老之女婿曰王狗儿,狗儿之父曰王成。其祖上曾与凤姐之祖、王夫人之父认识,因贪王家势利,便连了宗。"似指此。

耿介所作《汤潜庵先生斌传》曰:"皇太子将出阁,上谕吏部:自古帝王谕教太子,必简和平谨恪之臣,专资赞导。江宁巡抚汤斌,在经筵时素行谨慎,朕所稔知,及简任巡抚以来,洁己率属,实心任事,允宜拔擢大用,风示有位。特授礼部掌詹事府事。"《石头记》四十二回:"凤姐儿道:'他(巧姐儿)还没个名字,你就给他起个名字,借借你的寿。二则你们是庄家人,不怕你恼,到底贫苦些。你贫苦人起个名字,只怕压的住他。'"又一百十三回:"凤姐对巧姐儿道:'你的名字还是他起的呢,就和干娘一样,你给他请个安。'……老老道:'只是不到我们那里去。'凤姐道:'你带了他去罢。'"一百十九回:"平儿道:'老老你既是姑娘的干妈。'"疑皆指其为詹事府事。

《觚賸》:"旧传明祖梦兵卒千万,罗拜殿前。……高皇曰:'汝因多人,无从稽考姓氏,但五人为伍,处处血食足矣。'因命江南家立尺五小庙祀之,俗称五圣祠。是后日渐蕃衍。甚至树头花前,鸡埘豕圈,小有菱夭,辄曰五圣为祸。吾吴上方山尤极淫侈,娶妇贷钱,妖诡百出。吴人惊信若狂,箫鼓画船,报赛者相属于道。巫觋牲牢,闠委杂陈。计一日之费,不下数百金。岁无虚日也。睢州汤公巡抚江南,深痛恶俗。康熙乙丑,奏于朝,而奉有谕旨,并檄各省,如江南土木之俑,或畀炎火,或投浊流。五圣祠遂斩无孑遗。"《国朝先正事略》:"苏州府城上方山,有祠曰五通,祷赛甚盛。凡少年妇女感寒热,觋巫辄谓五通将娶为妇,往往羸瘵死,常数十家。前有大吏,拟撤其祠,遇祟死,民益神之。公收像投水火,尽毁所属淫祠,请旨勒石永禁。"《石头记》三十九回:"刘老老道:'去年冬天,接连下了几天雪,地下压了三四尺深。……只听外头柴草响,我想必定有人偷柴草来了。'……贾母道:'必定是过路的客人们冷了,见现成的柴,抽些烤火去,也是有的。'刘老老道:'……原来是一个十七八岁极标致的一个小姑娘。'……外面人喊噪起来。……丫鬟回说:'南院马棚子里走了火了,不相干,已救下了。'……只见东南上火光犹亮。……又忙命人去火神跟前烧香。……贾母足足看火光熄了。……都是才说抽柴草,惹出火来了。……林黛玉忙笑道:'咱们雪下吟诗,依我说,还不如弄一捆柴火雪下抽柴。'……刘老老编了告诉他道:'那原是我们庄北沿地埂子上,有一个小祠堂里供的,不是神佛,当先有个什么老爷。'说着又想名姓。宝玉道:'不拘什么名姓,你不必想了(《觚剩》所谓无从稽考姓氏)。只说原故就是了。'刘老老道:'这老爷没有儿子,只有一位小姐,名叫若玉小姐。（五字与玉字相似，故曰若玉）……生到十七岁，一病死了。（《国朝先正事略》所谓少年妇女……五通将娶为妇，往往羸瘵死）……因为老爷太太思念不尽，便盖了这祠堂，塑了这若玉小姐的像，派了人烧香拨火。如今日久年深的，人也没了，庙也破了，那像也就成了精。……他时常变了人出来各村庄店道上闲逛。我才说抽柴火的就是他了。我们村庄上的人，还商议着要打了这个像，平了庙呢。'……宝玉道：'我明日做个疏头，替你化些布施，你就做香头，攒了钱，把这庙修盖，再装塑了泥像，每月给你香火钱烧香，岂不好？'（汪世铉所作《汤潜庵先生墓表》：'其后五路神徙于他所，骎骎乎有复兴之势。'）……焙茗笑道：'找到东北上田埂子上，才有一个破庙。……那庙门却倒也朝南开，也是稀破的。……一看泥胎，吓得我又跑出来。活似真的一般。……那里是什么女孩儿，竟是一位青脸红发的瘟神爷。'"皆影汤公毁五通祠事也。

徐乾学所作《工部尚书汤公神道碑》："居官不以丝毫扰于民。夏从贸肆中易苎帐自蔽，春野荠生，日采取啖之，脱粟羹豆，与幕客对饭，下至臧获，皆怡然无怨色。常州知府祖进朝，制衣靴，欲奉公，久之不敢言，竟自服之。"冯景所作《汤中丞杂记》："黄进士春江言：公莅任时，某亲见其夫人暨诸公子衣皆布，行李萧然，类贫士，而其日给为菜韭。公一日阅簿，见某日两只鸡，公愕问曰：'吾至吴未曾食鸡，谁市鸡者乎？'仆叩头曰：'公子。'公怒，立召公子跽庭下而责之曰：'汝谓苏州鸡贱如河南耶？汝思啖鸡，便归去。恶有士不嚼菜根而能作百事者哉！'并笞其仆而遣之。公生日，荐绅知公绝馈遗,惟制屏为寿,公辞焉,启曰:'汪琬撰文在上。'公命录以入而返其屏。……去之日,敝篚数肩,不增一物于旧,惟廿一史则吴中物,公指为祖道诸公曰:'吴中价廉,故市之,然颇累马力。'"《觚剩续编》"睢州汤潜庵先生,以江南巡抚内迁大司空。其殁于京邸也,同官唁之,身卧板床,上衣敝蓝丝袄,下着褐色布裤。检其所遗,惟竹笥内俸银八两。昆山徐大司寇赙以二十金,乃能成殡。"《石头记》第六回,记刘老老之外孙名板儿,外孙女名青儿。一进荣国府,携板儿去。板儿当影吴中所市之廿一史,青儿则影其日给菜韭也。又刘老老见凤姐时,贾蓉适来借屏,"贾蓉笑道:'我父亲打发我来求婶子说,上回老舅太太给婶子的那架玻璃炕屏,明儿请一个要紧的客,借去略摆一摆就送来的。'……凤姐笑道:'也没见我们王家的东西都是好的。……碰坏一点,你可仔细你的皮。'"是影不受寿屏事。曰"借",曰"略摆一摆就送来",言不受也;"王家的东西都是好的","王"、"汪"同音,"汪琬撰文在上"也;不许碰坏一点,但录其文而于屏一无所损也。又,凤姐给他二十两银子,而第三十九回,"刘老老道:'这样螃蟹……再搭上酒菜,一共倒有二十多两银子。阿弥陀佛!这一顿的钱,够我们庄家人过一年的了。'"疑皆影徐健庵赙二十金也。第三十九回,刘老老又来了,"有两三个丫头在地下,倒口袋里的枣子、倭瓜并些野菜。老老道:'姑娘们天天山珍海味的也吃腻了,吃个野菜儿,也算我们的穷心。'贾母又笑道:'我才听见凤哥儿说,你带好些瓜菜来,我叫他快收拾去了。我正想个地里现结的瓜儿菜儿吃,外头买的不像你们田地里的好吃。'刘老老笑道:'这是野意儿,不过吃个新鲜。依我们倒想鱼肉吃,只是吃不起。'"第四十二回,"平儿道:'到年下,你只把你们晒的那个灰条菜干子和豇豆、扁豆、茄子、葫芦条子各样干菜带些来,我们这里上上下下都爱吃这个。"皆影"啖野荠"、"给菜韭"及"谓士当嚼菜根"等也。平儿道:"这一包是八两银子。"影死后所遗惟俸银八两也。三十九回,鸳鸯去"挑了两件随常的衣服给刘老老换上"。四十二回,"鸳鸯道:'前儿我叫你洗澡换的衣裳是我的,你不弃嫌,我还有几件,也送你罢。'刘姥姥又忙道谢,鸳鸯果然又拿出几件来。"又"鸳鸯指炕上一个包袱说道:'这是老太太的几件衣裳,都是往年间生日节下众人孝敬的。老太太从不穿人家做的,收着也可惜,却是一次也没穿过的。昨日叫我拿出两套儿送你带去,或送人,或自己家里穿罢。'"又"平儿又悄悄笑道:'这两件袄儿和两条裙子,还有四块包头、一包绒线,这是我送老老的。那衣裳虽是旧的,我也没大很穿,你要弃嫌,我就不敢说了。'老老忙笑说道:'姑娘说那里话,这样好东西我还弃嫌?我便有银子,没处买这样的去呢!只是我怪臊的,收了又不好,不收又孤负了姑娘的心。'"皆影"祖进朝欲奉衣靴久不敢言而自服之"也。四十回,"贾母道:'那个纱叫软烟罗。先时原不过是糊窗屉,后来我们拿这个做被做帐子,试试也竟好。'……刘老老口里不住地念佛,说道:'我们想做衣裳也不能,拿着糊窗子,岂不可惜。'……贾母道:'若有时都拿出来,送这刘亲家两匹。有雨过天青的,我做一个帐子挂下。'"四十二回,"平儿说道:'这是昨日你要的青纱一匹,奶奶另外送你一个实地月白纱做里子。这是两个茧绸,做袄儿裙子都好。这包袱里是两匹绸子,年下做件衣裳穿。"又四十一回,"刘老老忽见有一副最精致的床帐。"皆影其"苫帐自蔽"、"全家衣布",及"死时服敝蓝丝袄"、"褐色布袴"事也。第四十回,"刘老老道:'这里的鸡儿也俊,下的这蛋也小巧怪俊的。'"四十一回,"凤姐道:'你把才下来的茄子,把皮刨了,只要净肉,切成碎钉子,用鸡油炸了,再用鸡肉脯子,合香菌、新笋、麻菇、五香豆腐干子、各色干果子,都切成钉儿,拿鸡汤煮干,将香油一收,外加糟油一拌,盛在磁罐子里封严,要吃时拿出来,用炒的鸡瓜子一拌就是了。'刘老老听了摇头吐舌说:'我的佛祖,倒得十来只鸡来配他,怪道这个味儿。'"影其责子啖鸡事也。

《履园丛话》:"汤文正公莅任江苏,闻吴江令即墨郭公琇有墨吏声,公面责之,郭曰:'向来上官要钱,卑职无措,只得取之于民。今大人如能一清如水,卑职何敢贪耶?'公曰:'姑试汝。'郭回任,呼役汲水洗其堂,由是大改前辙。"《石头记》四十一回,"贾母带了刘老老至栊翠庵来。……宝玉道:'等我们出去了,我叫几个小幺儿来,河里打几桶水来洗地如何?'"影郭琇洗堂事也。

其他迎春等人,尚未考出,姑阙之。又有插叙之事,颇与康熙朝时事相应者数条,附录于后。

四十八回贾雨村拿石呆子事,即戴名世之狱也。戴居南山岗,即以"南山"名其集。《诗》曰:"节彼南山,维石岩岩。"又戴之贾祸,尤在其致门生余石民一书,故以石呆子代表之。所谓"老爷不知在那里看见几把旧扇子,回家来,看家里所有收着的这些好扇子都不中用了。……偏他家就有二十把旧扇子,死也不肯拿出大门来。……他只是不卖,只说'要扇子,先要我的命'。……谁知那雨村没天理的听见了,便设了法子讹他拖欠官银,拿了他到衙门里去,说所欠公银,变卖家产赔补,把这扇子抄了来,做了官价,送了来。那石呆子如今不知是死是活。……为这点子小事,弄的人家败产"。扇者,史也。"看了旧扇子","家里这些扇子不中用",有实录之明史,则清史不足观也。二十把旧扇子,二十史也。"石呆子死不肯卖",言如戴名世等,宁死而不肯以中国古史俾清人假借也。"拿石呆子"、"抄扇子"、"弄的人家败产"、"石呆子不知是死是活",谓烧毁《南山集》版,斩戴名世,其案内干连之人并其妻子,或先发黑龙江,或入旗也。

第二十三回,回目以《西厢记》、《牡丹亭》对举;四十回,黛玉应酒令,并引二书;五十一回,宝琴编怀古诗,末二首亦本此二书,所以代表当时违碍之书也。《西厢》终于一梦,以代表明季之记载;《牡丹亭》述丽娘还魂,以代表主张光复明室诸书。宝玉初读《西厢》,正值"落红成阵",引起黛玉葬花,即接叙黛玉听曲,恰为"原来是姹紫嫣红开遍,似这般都付与断井颓垣"及"良辰美景奈何天,赏心乐事谁家院"。其后又想起《西厢记》中"花落水流红"等句。落红也,葬花也,付红紫于断井颓垣,皆吊亡明也。奈何天,谁家院,犹言"今日域中谁家天下"也。黛玉应酒令,引《牡丹亭》,仍为"良辰美景奈何天";引《西厢》,则曰"纱窗也没有红娘报",言不得明室消息也。第四十二回，宝钗道："我们家也算是个读书人家，祖父手里也极爱藏书。先时人口多，姊妹兄弟也在一处。……诸如这《西厢》《琵琶》以及'元人百种'，无所不有。他们背着我们偷看，我们背着他们偷看。后来大人知道了，打的打，骂的骂，烧的烧，丢开了。"言此等违碍之书，本皆秘密传阅。经官吏发现，则毁其书而罚其人也。宝琴所编《蒲东寺怀古》曰："小红骨贱一身轻，私掖偷携强撮成。虽被夫人时吊起，已经勾引彼同行。"似以形容明室遗臣强颜事清之状。其《梅花观怀古》末句"一别西风又一年"，亦有黍离之感。黛玉道："两首虽于史鉴上无考，咱们虽不曾看这些外传，不知底里，难道咱们连两本戏也没见过不成？三岁的孩子也知道，何况咱们？"李纨道："凡说书唱戏，甚至于求的签上都有，老少男女俗语口头，人人皆知皆说的。"言此等忌讳之事，虽不见史鉴，亦不许人读其外传，而人人耳熟能详也。

第七回，焦大醉后谩骂，众小厮"把他捆起来，用土和马粪满满的填了他一嘴"。第百十一回，"大家见一个梢长大汉，手执木棍……正是甄家荐来的包勇。……包勇用力一棍打去，将贼打下屋来"。似影射方望溪事。《啸亭杂录》："方灵皋性刚戆，遇事辄争。尝与履恭王同判礼部事，王有所过当，公拂袖而争。王曰：'秃老可敢若尔？'公曰：'王言如马勃味。'往谒查相国，其仆恃势不时禀。公大怒，以杖叩其头，血涔涔下。仆狂奔告相公，迎见，后复至查邸，其仆望之即走，曰：'舞杖老翁又来矣！'"望溪名苞，故曰包勇。

第十八回，"黛玉因见宝玉构思太苦，走至案旁，知宝玉只少

'杏帘在望'一首……自己吟成一律,写在纸条上,搓成个团子,掷向宝玉跟前,宝玉遂忙恭楷缮完呈上。贾妃看毕,指'杏帘'一首为四首之冠。"似影射张文端助王渔洋事。《啸亭杂录》:"王文简诗名重当时,浮沉粉署。张文端公直南书房,代为延誉。仁庙亦尝闻其名,召入面试。渔洋诗思本迟,加以部曹小臣乍睹天颜,战栗不能成一字。文端代作诗草,撮为丸,置案侧,渔洋得以完卷。上阅之,笑曰:'人言王某诗多丰神,何整洁殊似卿笔。'……渔洋感激终身,曰:'是日微张某,余几曳白矣。'"宝玉之出家,似影清世祖为僧事。世祖为僧,由于悼董妃;宝玉之出家,亦发端于悼黛玉也。

元妃省亲,似影清圣祖之南巡。盖南巡之役,本为省觐世祖而起也。第十六回,"赵嬷嬷道:'我听见上上下下噪嚷了这些日子,什么省亲不省亲,我也不理论他去。如今又说省亲,到底是怎么个缘故?'贾琏道:'如今,当今体贴万人之心,世上至大莫如孝字。……当今自为日夜侍奉太上皇、皇太后尚不能略尽孝意……于是太上皇、皇太后大喜,深赞当今至孝纯仁。'……凤姐笑道:'当年太祖皇帝仿舜巡的故事,比一部书还热闹。我偏没造化赶上。'赵嬷嬷道:'阿呀呀,那可是千载难逢的!那时候我才记事儿,咱们贾府……只预备接驾一次,把银子化的淌海水似的!说起来……',凤姐忙接道:'我们王府里也预备过一次……。'赵嬷嬷道:'如今还有现在江南的甄家,阿呀呀,好世派!他家独接驾四次。……也不过拿着皇帝家的银子,往皇帝身上使罢了,谁家有那些钱买这个虚热闹去!'"赵嬷嬷说省亲是怎么个缘故,可见省亲是拟议之词。康熙朝无所谓太上皇,而以太上皇与皇太后并称,是其时世祖未死之证。宫妃省亲与皇帝南巡事绝不同,而凤姐及赵嬷嬷乃缕述太祖皇帝南巡故事,且缕述某家接驾一次,某家接驾四次,是明指康熙朝之南巡。不过因本书既以贾妃省亲事代表之,不得不假记南巡为已往之事云尔。

右所证明虽不及百之一二,然《石头记》之为政治小说,决非牵强附会,已可概见。触类旁通,以意逆志,一切怡红快绿之文、春恨秋悲之迹,皆作二百年前之"因话录"、"旧闻记"读可也。

民国四年十一月　著者识

胡适

红楼梦考证

（一）

《红楼梦》的考证是不容易做的，一来因为材料太少，二来因为向来研究这部书的人都走错了道路。他们怎样走错了道路呢？他们不去搜求那些可以考定《红楼梦》的著者、时代、版本等等的材料，却去收罗许多不相干的零碎史事来附会《红楼梦》里的情节。他们并不曾做《红楼梦》的考证，其实只做了许多《红楼梦》的附会！这种附会的"红学"又可分作几派：

第一派说《红楼梦》"全为清世祖与董鄂妃而作，兼及当时的诸名王奇女"。他们说董鄂妃即是秦淮名妓董小宛，本是当时名士冒辟疆的妾，后来被清兵夺去，送到北京，得了清世祖的宠爱，封为贵妃。后来董妃夭死，清世祖哀痛得很，遂跑到五台山去做和尚去了。依这一派的话，冒辟疆与他的朋友们说的董小宛之死，都是假的；清史上说的清世祖在位十八年而死，也是假的。这一派说《红楼梦》里的贾宝玉即是清世祖，林黛玉即是董妃。"世祖临宇十八年，宝玉便十九岁出家；世祖自肇祖以来为第七代，宝玉便言'一子成佛，七祖升天'，又恰中第七名举人；世祖谥'章'，宝玉便谥'文妙'，文、章两字可暗射。""小宛名白，故黛玉名黛，粉白黛绿之意也。小宛是苏州人，黛玉也是苏州人；小宛在如皋，黛玉亦在扬州。小宛来自盐官，黛玉来自巡盐御史之署。小宛入宫，年已二十有七;黛玉入京,年只十三余,恰得小宛之半……小宛游金山时,人以为江妃踏波而上,故黛玉号'潇湘妃子',实从'江妃'二字得来。"(以上引的话均见王梦阮先生的《红楼梦索隐》的提要。)

这一派的代表是王梦阮先生的《红楼梦索隐》。这一派的根本错误已被孟莼荪先生的《董小宛考》(附在蔡子民先生的《石头记索隐》之后,页一三一以下)用精密的方法一一证明了。孟先生在这篇《董小宛考》里证明董小宛生于明天启四年甲子,故清世祖生时,小宛已十五岁了;顺治元年,世祖方七岁,小宛已二十一岁了;顺治八年正月二日,小宛死,年二十八岁,而清世祖那时还是一个十四岁的小孩子。小宛比清世祖年长一倍,断无入宫邀宠之理。孟先生引据了许多书,按年分别,证据非常完备,方法也很细密。那种无稽的附会,如何当得起孟先生的摧破呢?例如《红楼梦索隐》说:

渔洋山人《题冒辟疆妾圆玉女罗画》三首之二末句云:"洛川淼淼神人隔,空费陈王八斗才。"亦为小琬而作。圆玉者,琬也;玉旁加以宛转之义,故曰圆玉。女罗,罗敷女也。均有深意。神人之隔,又与死别不同矣。(提要页一二)

孟先生在《董小宛考》里引了清初的许多诗人的诗来证明冒辟疆的妾并不止小宛一人。女罗姓蔡,名含,很能画苍松墨风;圆玉当是金晓珠,名玥,昆山人,能画人物。晓珠最爱画洛神(汪舟次有《晓珠手临洛神图卷跋》,吴蔄次有《乞晓珠画洛神启》),故渔洋山人诗有"洛川森森神人隔"的话。我们若懂得孟先生与王梦阮先生两人用的方法的区别,便知道考证与附会的绝对不相同了。

《红楼梦索隐》一书,有了《董小宛考》的辨正,我本可以不再批评他了,但这书中还有许多绝无道理的附会,孟先生都不及指摘出来。如他说:"曹雪芹为世家子,其成书当在乾、嘉时代。书中明言南巡四次,是指高宗时事,在嘉庆时所作可知。……意者此书但经雪芹修改,当初创造另自有人。……揣其成书亦当在康熙中叶。……至乾隆朝,事多忌讳,档案类多修改。《红楼》一书,内廷索阅,将为禁本。雪芹先生势不得已,乃为一再修订,俾愈隐而愈不失其真。"(提要页五至六)但他在第十六回凤姐提起南巡接驾一段话的下面,又注道:"此作者自言也。圣祖二次南巡,即驻跸雪芹之父曹寅盐署中,雪芹以童年召对,故有此笔。"下面赵嬷嬷说甄家接驾四次一段的下面,又注道:"圣祖南巡四次,此言接驾四次,特明为乾隆时事。"我们看这三段《索隐》,可以看出许多错误。

(1)第十六回明说二三十年前"太祖皇帝"南巡时的几次接驾。赵嬷嬷年长,故"亲眼看见"。我们如何能指定前者为康熙时的南巡而后者为乾隆时的南巡呢?

(2)康熙帝二次南巡在二十八年(西历1689),到四十二年曹寅才做两淮巡盐御史。《索隐》说康熙帝二次南巡驻跸曹寅盐院署,是错的。

(3)《索隐》说康熙帝二次南巡时,"曹雪芹以童年召对",又说雪芹成书在嘉庆时。嘉庆元年(西历1796),上距康熙二十八年,已隔百零七年了。曹雪芹成书时,他可不是一百二三十岁了吗?

(4)《索隐》说《红楼梦》成书在乾嘉时代,又说是在嘉庆时所作:这一说最谬。《红楼梦》在乾隆时已风行,有当时版本可证,(详考见后文)。况且袁枚在《随园诗话》里曾提起曹雪芹的《红楼梦》。袁枚死于嘉庆二年,诗话之作更早得多,如何能提到嘉庆时所作的《红楼梦》呢?

第二派说《红楼梦》是清康熙朝的政治小说。这一派可用蔡子民先生的《石头记索隐》作代表。蔡先生说:

《石头记》……作者持民族主义甚挚。书中本事在吊明之亡,揭清之失,而尤于汉族名士仕清者寓痛惜之意。当时既虑触文网,又欲别开生面,特于本事之上,加以数层障幂,使读者有"横看成岭侧成峰"之状况。(《石头记索隐》页一)

书中"红"字多隐"朱"字。朱者,明也,汉也。宝玉有"爱红"之癖,言以满人而爱汉族文化也;好吃人口上胭脂,言拾汉人唾余也。……当时清帝虽躬修文学,且创开博学鸿词科,实专以笼络汉人,初不愿满人渐染汉俗,其后雍、乾诸朝亦时时申诫之。故第十九回袭人劝宝玉道:"再不许吃人嘴上擦的胭脂了,与那爱红的毛病儿。"又黛玉见宝玉腮上血渍,询知为淘澄胭脂膏子所溅,谓为"带出幌子,吹到舅舅耳里,又大家不干净惹气"。皆此意。宝玉在大观园中所居曰怡红院,即爱红之义。所谓曹雪芹于悼红轩中增删本书,则吊明之义也。……

(页三至四)

　　书中女子多指汉人,男子多指满人。"女子是水作的骨肉,男人是泥作的骨肉",与"汉""满"两字有关系也。我国古代哲学以"阴阳"二字说明一切对待之事物,《易·坤卦·象传》曰:"地道也,妻道也,臣道也。是以夫妻、君臣分配于阴阳也。"《石头记》即用其义。第三十一回……翠缕说:"知道了!姑娘(史湘云)是阳,我就是阴。……人家说主子为阳,奴才为阴。我连这个大道理也不懂得!"……清制,对于君主,满人自称奴才,汉人自称臣。臣与奴才,并无二义。以民族之对待言之,征服者为主,被征服者为奴。本书以男女影满汉,以此。
(页九至十)

这些是蔡先生的根本主张。以后便是"阐证本事"了。依他的见解,下面这些人是可考的:

(1)贾宝玉,伪朝之帝系也;宝玉者,传国玺之义也,即指胤礽(康熙帝的太子,后被废)。……(页十至二二)

(2)《石头记》叙巧姐事,似亦指胤礽,"巧"字与"礽"字形相似也。……(页二三至二五)

(3)林黛玉影朱竹垞(朱彝尊)也。绛珠,影其氏也。居潇湘馆,影其竹垞之号也。……(页二五至二七)

(4)薛宝钗,高江村(高士奇)也。薛者,雪也。林和靖诗:"雪满山中高士卧,月明林下美人来。"用"薛"字以影江村之姓名(高士

奇)也。……(页二八至四二)

(5)探春影徐健庵也。健庵名乾学,乾卦作"三",故曰三姑娘。健庵以进士第三人及第,通称探花,故名探春。……(页四二至四七)

(6)王熙凤影余国柱也。王即"柱"字偏旁之省,國字俗写作"国",故熙凤之夫曰琏,言二"王"字相连也。……(页四七至六一)

(7)史湘云,陈其年也。其年又号迦陵。史湘云佩金麒麟,当是"其"字"陵"字之借音。氏以史者,其年尝以翰林院检讨纂修《明史》也。……(页六一至七一)

(8)妙玉,姜西溟(姜宸英)也。姜为少女,以妙代之。《诗》曰"美如玉","美如英"。"玉"字所以代"英"字也(从徐柳泉说)。……(页七二至八七)

(9)惜春,严荪友也……(页八七至九一)

(10)宝琴,冒辟疆也……(页九一至九五)

(11)刘姥姥,汤潜庵(汤斌)也。……(页九五至百十)

蔡先生这部书的方法是:每举一人,必先举他的事实,然后引《红楼梦》中情节来配合。我这篇文里,篇幅有限,不能表示他的引书之多和用心之勤:这是我很抱歉的,但我总觉得蔡先生这么多的心力都是白白的浪费了,因为我总觉得他这部书到底还只是一种很牵强的附会。我记得从前有个灯谜,用杜诗"无边落木萧萧下"来打一个"日"字。这个谜,除了做谜的人自己,是没有人猜得中的。因为做谜的人先想着南北朝的齐和梁两朝都是姓萧的;其次,把"萧萧下"的"萧萧"解作两个姓萧的朝代;其次,二萧的下面是那姓陈的陈朝。想着了"陳"字,然后把偏旁去掉(无边);再把"東"字里的"木"字去掉(落木)。剩下的"日"字,才是谜底!你若不能绕这许多弯子,休想猜谜!假使做《红楼梦》的人当日真个用王熙凤来影余国柱,真个想着"王即柱字偏旁之省,國字俗写作国,故熙凤之夫曰琏,言二王字相连也",——假使他真如此思想,他岂不真成了一个大笨伯了吗?他费了那么大气力,到底只做了"国"字和"柱"字的一小部分;还有这两个字的其余部分和那最重要的"余"字,都不曾做到"谜面"里去!这样做的谜,可不是笨谜吗?用麒麟来影"其年"的"其"和"迦陵"的"陵";用三姑娘来影"乾学"的"乾",假使真有这种影射法,都是同样的笨谜!假使一部《红楼梦》真是一连串这么样的笨谜,那就真不值得猜了!

我且再举一条例来说明这种"索隐"(猜谜)法的无益。蔡先生引蒯若木先生的话,说刘姥姥即是汤潜庵:

> 潜庵受业于孙夏峰(孙奇逢,清初的理学家)凡十年。夏峰之学本以象山(陆九渊)、阳明(王守仁)为宗。《石头记》:"刘姥姥之女婿曰王狗儿,狗儿之父曰王成。其祖上曾与凤姐之祖、王夫人之父认识,因贪王家势利,便连了宗。"似指此。

其实《红楼梦》里的王家既不是专指王阳明的学派,此处似不应该忽然用王家代表王学。况且从汤斌想到孙奇逢,从孙奇逢想到王阳明学派,再从阳明学派想到王夫人一家,又从王家想到王狗儿的祖上,又从王狗儿转到他的丈母刘姥姥——这个谜可不是比那"无边落木萧萧下"的谜还更难猜吗?蔡先生又说《石头记》第三十九回刘姥姥说的"抽柴"一段故事是影汤斌毁五通祠的事;刘姥姥的外孙板儿影的是汤斌买的一部《廿一史》;他的外孙女青儿影的是汤斌每天吃的韭菜。这种附会已是很滑稽的了。最妙的是第六回凤姐给刘姥姥二十两银子,蔡先生说这是影汤斌死后徐乾学赠送的二十金;又第四十二回凤姐又送姥姥八两银子,蔡先生说这是影汤斌死后惟遗俸银八两。这八两有了下落了,那二十两也有下落了,但第四十二回王夫人还送了刘姥姥两包银子,每包五十两,共是一百两,这一百两可就没有下落了!因为汤斌一生的事实没有一件可恰合这一百两银子的,所以这一百两虽然比那二十八两更重要,到底没有"索隐"的价值!这种完全任意的去取,实在没有道理,故我说蔡先生的《石头记索隐》也还是一种很牵强的附会。

第三派的《红楼梦》附会家,虽然略有小小的不同,大致都主张《红楼梦》记的是纳兰成德的事。成德后改名性德,字容若,是康熙朝宰相明珠的儿子。陈康祺的《郎潜纪闻二笔》(即《燕下乡脞录》)卷五说:

先师徐柳泉先生云:"小说《红楼梦》一书,即记故相明珠家事。金钗十二,皆纳兰侍御(成德官侍御)所奉为上客者也。宝钗影高澹人,妙玉即影西溟(姜宸英)。……"徐先生言之甚详,惜余不尽记忆。

又俞樾的《小浮梅闲话》(《曲园杂纂》三十八)说：

> 《红楼梦》一书,世传为明珠之子而作。……明珠子名成德,字容若。《通志堂经解》每一种有纳兰成德容若序,即其人也。恭读乾隆五十一年二月二十九日上谕："成德于康熙十一年壬子科中式举人,十二年癸丑科中式进士,年甫十六岁。"(适按:此谕不见于《东华录》,但载于《通志堂经解》之首。)然则其中举人止十五岁,于书中所述颇合也。

钱静方先生的《红楼梦考》(附在《石头记索隐》之后,页一二一至一三〇)也颇有赞成这种主张的倾向。钱先生说：

> 是书力写宝黛痴情。黛玉不知所指何人。宝玉固全书之主人翁,即纳兰侍御也。使侍御而非深于情者,则焉得有此倩影?余读《饮水词抄》,不独于宾从间得欣合之欢,而尤于闺房内致缠绵之意。即黛玉葬花一段,亦从其词中脱卸而出。是黛玉虽影他人,亦实影侍御之德配也。

这一派的主张,依我看来,也没有可靠的根据,也只是一种很牵强的附会。

(1)纳兰成德生于顺治十一年(西历1654),死于康熙二十四年

(1685),年三十一岁。他死时,他的父亲明珠正在极盛的时代(大学士加太子太傅,不久又晋太子太师),我们如何可说那眼见贾府兴亡的宝玉是指他呢?

(2)俞樾引乾隆五十一年上谕说成德中举人时止十五岁,其实连那上谕都是错的。成德生于顺治十一年,康熙壬子,他中举人时,年十八;明年癸丑,他中进士,年十九。徐乾学做的《墓志铭》与韩菼做的《神道碑》,都如此说。乾隆帝因为硬要否认《通志堂经解》的许多序是成德做的,故说他中进士时年止十六岁(也许成德应试时故意减少三岁,而乾隆帝但依据履历上的年岁)。无论如何,我们不可用宝玉中举的年岁来附会成德。若宝玉中举的年岁可以附会成德,我们也可以用成德中进士和殿试的年岁来证明宝玉不是成德了!

(3)至于钱先生说的纳兰成德的夫人即是黛玉,似乎更不能成立。成德原配卢氏,为两广总督兴祖之女,继配官氏,生二子一女。卢氏早死,故《饮水词》中有几首悼亡的词。钱先生引他的悼亡词来附会黛玉,其实这种悼亡的诗词,在中国旧文学里,何止几千首?况且大致都是千篇一律的东西。若几首悼亡词可以附会林黛玉,林黛玉真要成"人尽可夫"了!

(4)至于徐柳泉说的大观园里十二金钗都是纳兰成德所奉为上客的一班名士,这种附会法与《石头记索隐》的方法有同样的危险。即如徐柳泉说妙玉影姜宸英,那么,黛玉何以不可附会姜宸英?晴雯何以不可附会姜宸英?又如他说宝钗影高士奇,那么,袭

人也可以影高士奇了,凤姐便也可影高士奇了。我们试读姜宸英祭纳兰成德的文:

> 兄一见我,怪我落落;转亦以此,赏我标格。……数兄知我,其端非一。我常箕踞,对客欠伸,兄不余傲,知我任真。我时嫚骂,无问高爵,兄不余狂,知余疾恶。激昂论事,眼睁舌拚,兄为抵掌,助之叫号。有时对酒,雪涕悲歌,谓余失志,孤愤则那?彼何人斯,实应且憎,余色拒之,兄门固扃。

妙玉可当得这种交情吗?这可不更像黛玉吗?我们又试读郭琇参劾高士奇的奏疏:

> ……久之,羽翼既多,遂自立门户。……凡督抚藩臬道府厅县以及在内之大小卿员,皆王鸿绪等为之居停哄骗而夤缘照管者,馈至成千累万。即不属党护者,亦有常例,名之曰平安钱。然而人之肯为贿赂者,盖士奇供奉日久,势焰日张,人皆谓之门路真,而士奇遂自忘乎其为撞骗,亦居之不疑,曰:我之门路真。……以觅馆糊口之穷儒,而今忽为数百万之富翁。试问金从何来?无非取给于各官。然官从何来?非侵国帑,即剥民膏。夫以国帑民膏而填无厌之豁壑,是士奇等真国之蠹而民之贼也。……(清史馆本传,《耆献类征》六十)

宝钗可当得这种罪名吗？这可不更像凤姐吗？我举这些例的用意是要说明这种附会完全是主观的，任意的，最靠不住的，最无益的。钱静方先生说的好："要之，《红楼》一书，空中楼阁。作者第由其兴会所至，随手拈来，初无成意。即或有心影射，亦不过若即若离，轻描淡写，如画师所绘之百像图，类似者固多，苟细按之，终觉貌是而神非也。"

（二）

我现在要忠告诸位爱读《红楼梦》的人：我们若想真正了解《红楼梦》，必须先打破这种种牵强附会的《红楼梦》谜学！

其实做《红楼梦》的考证，尽可以不用那种附会的法子。我们只须根据可靠的版本与可靠的材料，考定这书的著者究竟是谁，著者的事迹家世，著书的时代，这书曾有何种不同的本子，这些本子的来历如何。这些问题乃是《红楼梦》考证的正当范围。

我们先从"著者"一个问题下手。

本书第一回说这书原稿是空空道人从一块石头上抄写下来的，故名《石头记》；后来空空道人改名情僧，遂改《石头记》为《情僧录》；东鲁孔梅溪题为《风月宝鉴》；后因曹雪芹于悼红轩中，披阅十载，增删五次，纂成目录，分出章回，又题曰《金陵十二钗》，并题一绝，即此便是《石头记》的缘起。诗云：

满纸荒唐言,一把辛酸泪。

都云作者痴,谁解其中味?

第一百二十回又提起曹雪芹传授此书的缘由。大概"石头"与空空道人等名目都是曹雪芹假托的缘起,故当时的人多认这书是曹雪芹做的。袁枚的《随园诗话》卷二中有一条说:

康熙间,曹练亭(练当作楝)为江宁织造,每出,拥八骑,必携书一本,观玩不辍。人问:"公何好学?"曰:"非也。我非地方官,而百姓见我必起立,我心不安,故借此遮目耳。"素与江宁太守陈鹏年不相中,及陈获罪,乃密疏荐陈。人以此重之。

其子雪芹撰《红楼梦》一书,备记风月繁华之盛。中有所谓大观园者,即余之随园也。明我斋读而羡之(坊间刻本无此七字)。当时红楼中有某校书尤艳,我斋题云(此四字坊间刻本作"雪芹赠云",今据原刻本改正。):

病容憔悴胜桃花,午汗潮回热转加。

犹恐意中人看出,强言今日较差些。

威仪棣棣若山河,应把风流夺绮罗;

不似小家拘束态,笑时偏少默时多。

我们现在所有的关于《红楼梦》的旁证材料,要算这一条为最早。近人征引此条,每不全录。他们对于此条的重要,也多不曾完全懂

得。这一条记载的重要,凡有几点:

(1)我们因此知道乾隆时的文人承认《红楼梦》是曹雪芹做的。

(2)此条说曹雪芹是曹楝亭的儿子。(又《随园诗话》卷十六也说"雪芹者,曹楝亭织造之嗣君也"。但此说实是错的,后详。)

(3)此条说大观园即是后来的随园。

俞樾在《小浮梅闲话》里曾引此条的一小部分,又加一注,说:

> 纳兰容若《饮水词集》有《满江红》词,为曹子清题其先人所构楝亭,即雪芹也。

俞樾说曹子清即雪芹,是大谬的。曹子清即曹楝亭,即曹寅。

我们先考曹寅是谁。吴修的《昭代名人尺牍小传》卷十二说:

> 曹寅,字子清,号楝亭,奉天人,官通政司使,江宁织造。校刊古书甚精,有扬州局刻《五韵》、《楝亭十二种》,盛行于世。著《楝亭诗抄》。

《扬州画舫录》卷二说:

> 曹寅,字子清,号楝亭,满洲人,官两淮盐院。工诗词,善书,著有《楝亭诗集》。刊秘书十二种,为《梅苑》、《声画集》、《法书考》、《琴史》、《墨经》、《砚笺》、刘后山(当作刘后村)《千

家诗》、《禁扁》、《钓矶立谈》、《都城纪胜》、《糖霜谱》、《录鬼簿》。今之仪征余园门牌"江天传舍"四字,是所书也。

这两条可以参看。又韩菼的《有怀堂文稿》里有《楝亭记》一篇,说:

> 荔轩曹使君性至孝。自其先人董三服,官江宁,于署中手植楝树一株,绝爱之,为亭其间,尝憩息于斯。后十余年,使君适自苏移节,如先生之任,则亭颇坏,为新其材,为垩焉,而亭复完。……

据此可知曹寅又字荔轩,又可知《饮水词》中的楝亭的历史。

最详细的记载是章学诚的《丙辰札记》:

> 曹寅为两淮巡盐御史,刻古书凡十五种,世称"曹楝亭本"是也。康熙四十三年,四十五年,四十七年,四十九年,间年一任,与同旗李煦互相番代。李于四十四年,四十六年,四十八年,与曹互代;五十年,五十一年,五十二年,五十五年,五十六年,又连任,较曹用事为久矣。然曹至今为学士大夫所称,而李无闻焉。

不幸章学诚说的那"至今为学士大夫所称"的曹寅,竟不曾留下一篇传记给我们做考证的材料,《耆献类征》与《碑传集》都没有曹寅

的碑传。只有宋和的《陈鹏年传》(《耆献类征》卷一六四,页一八以下)有一段重要的纪事:

> 乙酉(康熙四十四年),上南巡(此康熙帝第五次南巡)。总督集有司议供张,欲于丁粮耗加三分。有司皆慑服,唯唯。独鹏年(江宁知府陈鹏年)不服,否否。总督怏怏,议虽寝,则欲抶去鹏年矣。
>
> 无何,车驾由龙潭幸江宁。行宫草创(按:此指龙潭之行宫),欲抶去之者因以是激上怒。时故庶人(按:此即康熙帝的太子胤礽,至四十七年被废)从幸,更怒,欲杀鹏年。
>
> 车驾至江宁,驻跸织造府。一日,织造幼子嬉而过于庭,上以其无知也,曰:"儿知江宁有好官乎?"曰:"知有陈鹏年。"时有致政大学士张英来朝,上……使人问鹏年,英称其贤。而英则庶人之所傅,乃谓庶人曰:"尔师傅贤之,如何杀之?"庶人犹欲杀之。
>
> 织造曹寅免冠叩头,为鹏年请。当是时,苏州织造李某伏寅后,为寅婭(婭字不见于字书,似有儿女亲家的意思),见寅血被额,恐触上怒,阴曳其衣,警之。寅怒而顾之曰:"云何也?"复叩头,阶有声,竟得请。出,巡抚宋荦逆之曰:"君不愧朱云折槛矣!"

又我的朋友顾颉刚在《江南通志》里查出江宁织造的职官如

下表:

  康熙二年至二十三年:曹玺

  康熙二十三年至三十一年:桑格

  康熙三十一年至五十二年:曹寅

  康熙五十二年至五十四年:曹颙

  康熙五十四年至雍正六年:曹頫

  雍正六年以后:隋赫德

又苏州织造的职官如下表:

  康熙二十九年至三十二年:曹寅

  康熙三十二年至六十一年:李煦

这两表的重要,我们可以分开来说:

(1)曹玺,字完璧,是曹寅的父亲。顾刚引《上元江宁两县志》道:"织局繁剧,玺至,积弊一清。陛见,陈江南吏治极详,赐蟒服,加一品,御书'敬慎'扁额。卒于位。子寅。"

(2)因此可知曹寅当康熙二十九年至三十二年时,做苏州织造;三十一年至三十二年,他兼任江宁织造;三十二年以后,他专任江宁织造二十年。

(3)康熙帝六次南巡的年代,可与上两表参看:

康熙二十三年　一次南巡　曹玺为苏州织造。

　　康熙二十八年　二次南巡。

　　康熙三十八年　三次南巡　曹寅为江宁织造。

　　康熙四十二年　四次南巡　曹寅为江宁织造。

　　康熙四十四年　五次南巡　曹寅为江宁织造。

　　康熙四十六年　六次南巡　曹寅为江宁织造。

（4）颉刚又考得"康熙南巡，除第一次到南京驻跸将军署外，余五次均把织造署当行宫"。这五次之中，曹寅当了四次接驾的差。又《振绮堂丛书》内有《圣驾五幸江南恭录》一卷，记康熙四十四年的第五次南巡，写曹寅既在南京接驾，又以巡盐御史的资格赶到扬州接驾；又记曹寅进贡的礼物，及康熙帝回銮时赏他通政使司通政使的事，甚详细，可以参看。

（5）曹颙与曹頫都是曹寅的儿子。曹寅的《楝亭诗抄别集》有《郭振基序》，内说"侍公函丈有年，今公子继任织部，又辱世讲"。是曹颙之为曹寅儿子，已无可疑。曹頫大概是曹颙的兄弟。

又《四库全书提要》谱录类食谱之属存目里有一条说：

　　《居常饮馔录》一卷（编修程晋芳家藏本），国朝曹寅撰。寅字子清，号楝亭，镶蓝旗汉军。康熙中，巡视两淮盐政，加通政司衔。是编以前代所传饮膳之法汇成一编：一曰，宋王灼

《糖霜谱》；二三曰，宋东谿遯叟《粥品》及《粉面品》；四曰，元倪瓒《泉史》；五曰，元海滨逸叟《制脯鲊法》；六曰，明王叔承《酿录》；七曰，明释智铉《茗笺》；八九曰，明灌畦老叟《蔬香谱》及《制蔬品法》。中间《糖霜谱》，寅已刻入所辑《楝亭十种》，其他亦颇散见于《说郛》诸书云。

又《提要》别集类存目里有一条：

《楝亭诗钞》五卷，附《词钞》一卷（江苏巡抚采进本），国朝曹寅撰。寅有《居常饮馔录》，已著录。其诗一刻于扬州，计盈千首；再刻于仪征，则寅自汰其旧刻，而吴尚中开雕于东园者。此本即仪征刻也。其诗出入于白居易、苏轼之间。

《提要》说曹家是镶蓝旗人，这是错的。《八旗氏族通谱》有曹锡远一系，说他家是正白旗人，当据以改正。但我们因《四库提要》提起曹寅的诗集，故后来居然寻着他的全集，计《楝亭诗钞》八卷，《文钞》一卷，《词钞》一卷，《诗别集》四卷，《词别集》一卷（天津公园图书馆藏）。从他的集子里，我们得知他生于顺治十五年戊戌（1658）九月七日，他死时大概在康熙五十一年（1712）的下半年，那时他五十五岁。他的诗颇有好的，在八旗的诗人之中，他自然要算一个大家了。（他的诗在铁保辑的《八旗人诗钞》改名《熙朝雅颂集》里，占一全卷的地位）当时的文学大家，如朱彝尊、姜宸英等，都为《楝亭诗钞》作序。

以上关于曹寅的事实,总结起来,可以得几个结论:

(1)曹寅是八旗的世家,几代都在江南做官。他的父亲曹玺做了二十一年的江宁织造;曹寅自己做了四年的苏州织造,做了二十一年的江宁织造,同时又兼做了四次的两淮巡盐御史。他死后,他的儿子曹颙接着做了三年的江宁织造,他的儿子曹頫接下去做了十三年的江宁织造。他家祖孙三代四个人总共做了五十八年的江宁织造。这个织造真成了他家的"世职"了。

(2)当康熙帝南巡时,他家曾办过四次以上的接驾的差。

(3)曹寅会写字,会做诗词,有诗词集行世。他在扬州曾管领《全唐诗》的刻印,扬州的诗局归他管理甚久。他自己又刻有二十几种精刻的书。(除上举各书外,尚有《周易本义》、《施愚山集》等,朱彝尊的《曝书亭集》也是曹寅捐资倡刻的,刻未完而死。)他家中藏书极多,精本有三千二百八十七种之多(见他的《楝亭书目》,京师图书馆有抄本),可见他的家庭富有文学美术的环境。

(4)他生于顺治十五年,死于康熙五十一年(1658—1712)。

以上是曹寅的略传与他的家世。曹寅究竟是曹雪芹的什么人呢?袁枚在《随园诗话》里说曹雪芹是曹寅的儿子。这一百多年以来,大家多相信这话,连我在这篇《考证》的初稿里也信了这话。现在我们知道曹雪芹不是曹寅的儿子,乃是他的孙子。最初改正这个大错的是杨钟羲先生。杨先生编有《八旗文经》六十卷,又著有《雪桥诗话》三编,是一个最熟悉八旗文献掌故的人。他在《雪桥诗

话》续集卷六(页二三)说:

> 敬亭(清宗室敦诚字敬亭)……尝为《琵琶亭传奇》一折,曹雪芹(霑)题句有云:白傅诗灵应喜甚,定教蛮素鬼排场。雪芹为栋亭通政孙,平生为诗,大概如此,竟坎坷以终。敬亭挽雪芹诗有"牛鬼遗文悲李贺,鹿车荷锸葬刘伶"之句。

这一条使我们知道三个要点:

(一)曹雪芹名霑。

(二)曹雪芹不是曹寅的儿子,是他的孙子。(《中国人名大辞典》页九九〇作"名霑,寅子"。似是根据《雪桥诗话》而误改其一部分。)

(三)清宗室敦诚的诗文集内必有关于曹雪芹的材料。

敦诚字敬亭,别号松堂,英王之裔。他的轶事也散见《雪桥诗话》初、二集中。他有《四松堂集》诗二卷、文二卷,《鹪鹩轩笔麈》一卷。他的哥哥名敦敏,字子明,有《懋斋诗钞》。我从此便到处访求这两个人的集子,不料到如今还不曾寻到手。我今年夏间到上海,写信去问杨钟羲先生,他回信说,曾有《四松堂集》,但辛亥之后遗失了。我虽然很失望,但杨先生既然根据《四松堂集》说曹雪芹是曹寅之孙,这话自然万无可疑。因为敦诚兄弟都是雪芹的好朋友,他们的证见自然是可信的。

我虽然未见敦诚兄弟全集,但《八旗人诗钞》《熙朝雅颂集》

里有他们兄弟的诗一卷。这一卷里有关于曹雪芹的诗四首,我因为这种材料颇不易得,故把这四首抄下:

赠曹雪芹　敦敏

碧水青山曲径遐,薜萝门巷足烟霞。
寻诗人去留僧壁,卖画钱来付酒家。
燕市狂歌悲遇合,秦淮残梦忆繁华。
新愁旧恨知多少,都付酕醄醉眼斜。

访曹雪芹不值　敦敏

野浦冻云深,柴扉晚烟薄。
山村不见人,夕阳寒欲落。

佩刀质酒歌　敦诚

秋晓,遇雪芹于槐园,风雨淋涔,朝寒袭袂。时主人未出,雪芹酒渴如狂,余因解佩刀沽酒而饮之。雪芹欢甚,作长歌以谢余。余亦作此答之。

我闻贺鉴湖,不惜金龟掷酒垆;
又闻阮遥集,直卸金貂作鲸吸。

嗟余本非二子狂,腰间更无黄金珰。

秋气酿寒风雨恶,满园榆柳飞苍黄。

主人未出童子睡,斝乾瓮涩何可当!

相逢况是淳于辈,一石差可温枯肠。

身外长物亦何有?鸾刀昨夜靡秋霜。

且酤满眼作软饱,……令此肝肺生角芒。

曹子大笑称"快哉"!击石作歌声琅琅。

知君诗胆昔如铁,堪与刀颖交寒光。

我有古剑尚在匣,一条秋水苍波凉。

君才抑塞倘欲拨,不妨斫地歌王郎。

寄怀曹雪芹　敦诚

少陵昔赠曹将军,曾曰魏武之子孙。

嗟君或亦将军后,于今环堵蓬蒿屯。

扬州旧梦久已觉,且着临邛犊鼻裈。

爱君诗笔有奇气,直追昌谷披篱樊。

当时虎门数晨夕,西窗剪烛风雨昏。

接䍦倒着容君傲,高谈雄辩虱手扪。

感时思君不相见,蓟门落日松亭樽。

劝君莫弹食客铗,劝君莫叩富儿门。

残杯冷炙有德色,不如著书黄叶村。

我们看这四首诗,可想见他们弟兄与曹雪芹的交情是很深的。他们的证见真是史学家的"同时人的证见",有了这种证据,我们不能不认袁枚为误记了。

这四首诗中,有许多可注意的句子。

第一,如"秦淮残梦忆繁华",如"于今环堵蓬蒿屯,扬州旧梦久已觉,且着临邛犊鼻裈",如"劝君莫弹食客铗,劝君莫叩富儿门。残杯冷炙有德色,不如著书黄叶村",都可以证明曹雪芹当时已很贫穷,穷的很不像样了,故敦诚有"残杯冷炙有德色"的劝戒。

第二,如"寻诗人去留僧壁,卖画钱来付酒家",如"知君诗胆昔如铁",如"爱君诗笔有奇气,直追昌谷披篱樊",都可以使我们知道曹雪芹是一个会作诗又会绘画的人。最可惜的是曹雪芹的诗现在只剩得"白傅诗灵应喜甚,定教蛮索鬼排场"两句了。但单看这两句,也就可以想见曹雪芹的诗大概是很聪明的,很深刻的。敦诚弟兄比他做李贺,大概很有点相像。

第三,我们又可以看出曹雪芹在那贫穷潦倒的境遇里,很觉得牢骚抑郁,故不免纵酒狂歌,自寻排遣。上文引的如"雪芹酒渴如狂",如"相逢况是淳于辈,一石差可温枯肠",如"新愁旧恨知多少,都付酕醄醉眼斜",如"鹿车荷锸葬刘伶",都可以为证。

我们既知道曹雪芹的家世和他自身的境遇了,我们应该研究他的年代。这一层颇有点困难,因为材料太少了。敦诚有挽雪芹的诗,可见雪芹死在敦诚之前。敦诚的年代也不可详考,但《八旗文经》里有几篇他的文字,有年月可考:如《拙鹊亭记》作于辛丑初冬,如《松亭再征记》作于戊寅正月,如《祭周立厓》文中说:"先生与先公始交时在戊寅己卯间,是时先生……每过静补堂……诚尝侍几杖侧。……迨庚寅先公即世,先生哭之过时而哀。……诚追述平生……回念静补堂几杖之侧,已二十余年矣。"今作一表,如下:

乾隆二三,戊寅(1758)。

乾隆二四,己卯(1759)。

乾隆三五,庚寅(1770)。

乾隆四六,辛丑(1781)。自戊寅至此,凡二十三年。

清宗室永忠(臞仙)为敦诚作葛巾居的诗,也在乾隆辛丑。敦诚之父死于庚寅,他自己的死期大约在二十年之后,约当乾隆五十余年。纪昀为他的诗集作序,虽无年月可考,但纪昀死于嘉庆十年(1805),而序中的语意都可见敦诚死已甚久了。故我们可以猜定敦诚大约生于雍正初年(约1725),死于乾隆五十余年(约1785—1790)。

敦诚兄弟与雪芹往来,从他们赠答的诗看起来,大概都在他们兄弟中年以前,不像在中年以后。况且《红楼梦》当乾隆五十六、五十七年时已在社会上流通二十余年了。以此看来,我们可以断定曹雪芹死于乾隆三十年左右(约1765)。至于他的年纪,更不容易考定了。但敦诚兄弟的诗的口气,很不像是对一位老前辈的口气。我们可以猜想雪芹的年纪至多不过比他们大十来岁,大约生于康熙末叶(约1715—1720),当他死时,约五十岁左右。

以上是关于著者曹雪芹的个人和他的家世的材料。我们看了这些材料,大概可以明白《红楼梦》这部书是曹雪芹的自叙传了。这个见解,本来并没有什么新奇,本来是很自然的,不过因为《红楼梦》被一百多年来的红学大家越说越微妙了,故我们现在对于这个极平常的见解反觉得他有证明的必要了。我且举几条重要的证据如下:

第一,我们总该记得《红楼梦》开端时,明明说着:

> 作者自云曾历过一番梦幻之后,故将真事隐去,而借"通灵"说此《石头记》一书也。……自己又云:今风尘碌碌,一事无成,忽念及当日所有之女子,一一细考较去,觉其行止见识皆出我之上。我堂堂须眉,诚不若彼裙钗。……当此日,欲将已往所赖天恩祖德,锦衣纨袴之时,饫甘餍肥之日,背父兄教育之恩,负师友规训之德,以致今日一技无成,半生潦倒之罪,编述一集,以告天下。

这话说的何等明白!《红楼梦》明明是一部"将真事隐去"的自叙的书。若作者是曹雪芹,那么,曹雪芹即是《红楼梦》开端时那个深自忏悔的"我"!即是书里的甄贾(真假)两个宝玉的底本!懂得这个道理,便知书中的贾府与甄府都只是曹雪芹家的影子。

第二,第一回里那石头说道:

> 我想历来野史的朝代,无非假借汉唐的名色,莫如我石头所记,不借此套,只按自己的事体情理,反倒新鲜别致。

又说:

> 更可厌者,"之乎者也",非理即文,大不近情,自相矛盾。竟不如我半世亲见亲闻的这几个女子,虽不敢说强似前代书中所有之人,但观其事迹原委,亦可消愁破闷。

他这样明白清楚的说"这书是我自己的事体情理","是我半世亲见亲闻的",而我们偏要硬派这书是说顺治帝的,是说纳兰成德的,这岂不是作茧自缚吗?

第三,《红楼梦》第十六回有谈论南巡接驾的一大段,原文如下:

> 凤姐道:"……可恨我小几岁年纪,若早生二三十年,如今这些老人家也不薄我没见世面了。说起当年太祖皇帝仿舜巡的故事,比一部书还热闹,我偏偏的没赶上。"赵嬷嬷(贾琏的乳母)道:"嗳哟,那可是千载难逢的!那时候我才记事儿。咱

们贾府正在姑苏、扬州一带,监造海船,修理海塘。只预备接驾一次,把银子花的像淌海水是的。说起来……"凤姐忙接道:"我们王府里也预备过一次。那时我爷爷专管各国进贡朝贺的事,凡有外国人来,都是我们家养活,粤、闽、滇、浙所有的洋船货物,都是我们家的。"赵嬷嬷道:"那是谁不知道的?……如今还有现在江南的甄家。嗳哟,好势派!——独他们家接驾四次。要不是我们亲眼看见,告诉谁也不信的。别讲银子成了粪土,凭是世上有的,没有不是堆山积海的。'罪过可惜'四个字,竟顾不得了。"凤姐道:"我常听见我们大爷说,也是这样的,岂有不信的? 只纳罕他家怎么就这样富贵呢?"赵嬷嬷道:"告诉奶奶一句话:也不过拿着皇帝家的银子往皇帝身上使罢了。谁家有那些钱买这个虚热闹去?"

此处说的甄家与贾家都是曹家。曹家几代在江南做官,故《红楼梦》里的贾家虽在"长安",而甄家始终在江南。上文曾考出康熙帝南巡六次,曹寅当了四次接驾的差,皇帝就住在他的衙门里。《红楼梦》差不多全不提起历史上的事实,但此处却郑重的说起"太祖皇帝仿舜巡的故事",大概是因为曹家四次接驾乃是很不常见的盛事,故曹雪芹不知不觉的——或是有意的——把他家这桩最阔的大典说了出来,这也是敦敏送他的诗里说的"秦淮旧梦忆繁华"了。但我们却在这里得着一条很重要的证据。因为一家接驾四五次,不是人人可以随便有的机会。大官如督抚,不能久任一处,便不能有这样好的机会。只有曹寅做了二十年江宁织造,恰巧当了四次接驾的差。这不是很可靠的证据吗?

第四,《红楼梦》第二回叙荣国府的世次如下:

> 自荣国公死后,长子贾代善袭了官,娶的是金陵世家史侯的小姐为妻,生了两个儿子:长名贾赦,次名贾政。如今代善早已去世,太夫人尚在。长子贾赦袭了官,为人平静中和,也不管理家务。次子贾政,自幼酷喜读书,为人端方正直,祖父钟爱,原要他以科甲出身的。不料代善临终时,遗本一上,皇上因恤先臣,即时令长子袭官外,问还有几子,立刻引见,遂又额外赐了这政老爷一个主事之职,令其入部学习,如今已升了员外郎。

我们可用曹家的世系来比较:

> 曹锡远,正白旗包衣人。世居沈阳地方,来归年月无考。其子曹振彦,原任浙江盐法道。
>
> 孙:曹玺,原任工部尚书;曹尔正:原任佐领。
>
> 曾孙:曹寅,原任通政使司通政使;曹宜,原任护军参领兼佐领;曹荃,原任司库。
>
> 元孙:曹颙,原任郎中;曹𫖯,原任员外郎;曹顾,原任二等侍卫,兼佐领;曹天佑,原任州同。(《八旗氏族通谱》卷七十四)

这个世系颇不分明。我们可试作一个假定的世系表如下：

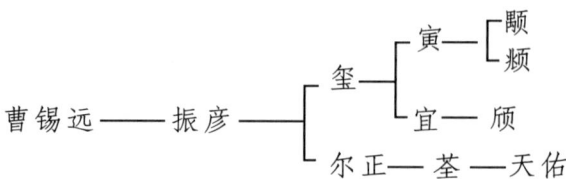

曹寅的《楝亭诗钞别集》中有"辛卯三月闻珍儿殇，书此忍恸，兼示四侄寄东轩诸友"诗三首，其二云："世出难居长，多才在四三。承家赖犹子，努力作奇男。"四侄即颀，那排行第三的当是那小名珍儿的了。如此看来，颙与頫当是行一与行二。曹寅死后，曹颙袭织造之职。到康熙五十四年，曹颙或是死了，或是因事撤换了，故次子曹頫接下去做。织造是内务的一个差使，故不算做官，故《氏族通谱》上只称曹寅为通政使，称曹頫为员外郎。但《红楼梦》里的贾政，也是次子，也是先不袭爵，也是员外郎。这三层都与曹頫相合。故我们可以认贾政即是曹頫，因此，贾宝玉即是曹雪芹，即是曹頫之子；这一层更容易明白了。

第五，最重要的证据自然还是曹雪芹自己的历史和他家的历史。《红楼梦》虽没有做完（说详下），但我们看了前八十回，也就可以断定：(1)贾家必致衰败；(2)宝玉必致沦落。《红楼梦》开端便说，"风尘碌碌，一事无成"，又说"一技无成，半生潦倒"；又说"当此蓬牖茅椽，绳床瓦灶"。这是明说此书的著者——即是书中的主人翁——当著书时，已在那穷愁不幸的境地。况且第十三回写秦可卿死时在梦中对凤姐说的话，句句明说贾家将来必到"树倒猢狲散"的地步。所以我们即使不信后四十回（说详下）抄家和宝玉出家的话，也可以推想贾家的衰败和宝玉的流落了。

我们再回看上文引的敦诚兄弟送曹雪芹的诗，可以列举雪芹一生的历史如下：

（1）他是做过繁华旧梦的人。

（2）他有美术和文学的天才。能做诗，能绘画。

（3）他晚年的境况非常贫穷潦倒。

这不是贾宝玉的历史吗？此外，我们还可以指出三个要点：第一是曹雪芹家自从曹玺、曹寅以来，积成一个很富丽的文学美术的环境。他家的藏书在当时要算一个大藏书家，他家刻的书至今推为精刻的善本。富贵的家庭并不难得，但富贵的环境与文学美术的环境合在一家，在当日的汉人中是没有的，就在当日的八旗世家中，也很不容易寻找了。第二，曹寅是刻《居常饮馔录》的人，《居常饮馔录》所收的书，如《糖霜谱》、《制脯鲊法》、《粉面品》之类，都是专讲究饮食糖饼的做法的。曹寅家做的雪花饼，见于朱彝尊的《曝书亭集》，（卷二十一，页十二）有"粉量云母细，糁和雪糕匀"的称誉。我们读《红楼梦》的人，看贾母对于吃食的讲究，看贾家上下对于吃食的讲究，便知道《居常饮馔录》的遗风未泯、雪花饼的名不虚传。第三，关于曹家衰落的情形，我们虽没有什么材料，但我们知道曹寅的亲家李煦，在康熙六十一年已因亏空被革职查追了，雍正《朱批谕旨》第四十八册有雍正元年《苏州织造胡凤翚奏折》内称：

今查得李煦任内亏空各年余剩银两,现奉旨交督臣查弼纳查追外,尚有六十一年办六十年分应存剩银六万三百五十五两零,并无存库,亦系李煦亏空。……所有历年动用银两数目,另开细折,并呈御览。……

又第十三册有两淮巡盐御史谢赐履奏折内称:

窃照两淮应解织造银两,历年尊奉已久。兹于雍正元年三月十六日,奉户部咨行,将江苏织造银两停其支给,两淮应解银两,汇行解部。……前任盐臣魏廷珍于康熙六十一年内未奉部文停止之先,两次解过苏州织造银五万两。……再本年六月内奉有停止江宁织造之文。查前盐臣魏廷珍经解过江宁织造银四万两,臣任内……解过江宁织造银四万五千一百二十两。……臣请将解过苏州织造银两在审理李煦亏空案内并追;将解过江宁织造银两行令曹頫解还户部。……

李煦做了三十年的苏州织造,又兼了八年的两淮盐政,到头来竟因亏空被查追。胡凤翚折内只举出康熙六十一年的亏空,已有六万两之多,加上谢赐履折内举出应退还两淮的十万两,这一年的亏空就是十六万两了!他历年亏空的总数之多,可以想见。这时候,曹頫(曹雪芹之父)虽然还未曾得罪,但谢赐履折内已提及两事：一是停止两淮应解织造银两；一是要曹𬱃赔出本年已解的八万一千余两。这个江宁织造就不好做了。我们看了李煦的先例，就可以推想曹𬱃的下场，也必是因亏空而查追，因查追而抄没家产。关于这一层，我们还有一个很好的证据。袁枚在《随园诗话》里说《红楼梦》里的大观园即是他的随园。我们考随园的历史，可以信此话不是假的。袁枚的《随园记》(《小仓山房文集》卷十二)说随园本名隋园，主人为康熙时织造隋公。此隋公即是隋赫德，即是接曹𬱃的任的人。（袁枚误记为康熙时，实为雍正六年）。袁枚作记在乾隆十四年己巳(1749)，去曹𬱃卸织造任时甚近，他应该知道这园的历史。我们从此可以推想曹𬱃当雍正六年去职时，必是因亏空被追赔，故这个园子就到了他的继任人的手里。从此以后，曹家在江南的家产都完了，故不能不搬回北京居住。这大概是曹雪芹所以流落在北京的原因。我们看了李煦、曹𬱃两家败落的大概情形，再回头来看《红楼梦》里写的贾家的经济困难情形，便更容易明白了。如第七十二回凤姐夜间梦见人来找他，说娘娘要一百匹锦，凤姐不肯给，她就来夺。来旺家的笑道："这是奶奶日间操心常应候宫里的事。"一语未了，人回夏太监打发了一个小内监来说话。贾琏听了，忙皱眉道："又是什么话！一年他们也搬够了。"凤姐道："你藏起来，等我见他。"好容易凤姐弄了二百两银子把那小内监打发开去，贾琏出来，笑道："这一起外祟，何日是了？"凤姐笑道："刚说着，就来了一股子。"贾琏道："昨儿周太监来，张口就是一千两。我略慢应了些，他不自在。将来得罪人之处不少。这会子再发三

二百万的财,就好了。"又如第五十三回写黑山村庄头乌进孝来贾府纳年例,贾珍与他谈的一段话也很可注意:

> 贾珍皱眉道:"我算定你至少也有五千银子来。这够做什么的!……真真是叫别过年了!"乌进孝道:"爷的这地方还算好呢。我兄弟离我那里只有一百多里,竟又大差了。他现管着那府(荣国府)八处庄地,比爷这边多着几倍,今年也是这些东西,不过二三千两银子,也是有饥荒打呢。"贾珍道:"如何呢?我这边倒可已,没什么外项大事,不过是一年的费用。……比不得那府里(荣国府)这几年添了许多化钱的事,一定不可免是要化的,却又不添银子产业。这一二年里赔了许多。不和你们要,找谁去?"乌进孝笑道:"那府里如今虽添了事,有去有来。娘娘和万岁爷岂不赏吗?"贾珍听了,笑向贾蓉等道:"你们听听,他说的可笑不可笑?"贾蓉等忙笑道:"你们山坳海沿子上的人,那里知道这道理?娘娘难道把皇上的库给我们不成?……就是赏,也不过一百两金子,才值一千多两银子,够什么?这二年,那一年不赔出几千两银子来?头一年省亲,连盖花园子,你算算那一注化了多少,就知道了。再二年,再省一回亲,只怕精穷了!"……贾蓉又说又笑,向贾珍道:"果真那府里穷了。前儿我听见二婶娘(凤姐)和鸳鸯悄悄商议,要偷老太太的东西去当银子呢。"

借当的事又见于第七十二回：

> 鸳鸯一面说，一面起身要走。贾琏忙也立起身来说道："好姐姐，略坐一坐儿，兄弟还有一事相求。"说着，便骂小丫头："怎么不泡好茶来！快拿干净盖碗，把昨日进上的新茶泡一碗来！"说着，向鸳鸯道："这两日因老太太千秋，所有的几千两都使完了。几处房租地租统在九月才得，这会子竟接不上。明儿又要送南安府里的礼；又要预备娘娘重阳节；还有几家红白大礼，至少还要二三千两银子用，一时难去支借。俗语说的好，求人不如求己。说不得，姐姐担个不是，暂且把老太太查不着的金银家伙，偷着运出一箱子来，暂押千数两银子，支腾过去。"

因为《红楼梦》是曹雪芹"将真事隐去"的自叙，故他不怕琐碎，再三再四的描写他家由富贵变成贫穷的情形。我们看曹寅一生的历史，决不像一个贪官污吏。他家所以后来衰败，他的儿子所以亏空破产，大概都是由于他一家都爱挥霍，爱摆阔架子；讲求吃喝，讲究场面；收藏精本的书，刻行精本的书；交结文人名士，交结贵族大官，招待皇帝，至于四五次；他们又不会理财，又不肯节省；讲究挥霍惯了，收缩不回来。以至于亏空，以至于破产抄家。《红楼梦》只是老老实实地描写这一个"坐吃山空"、"树倒猢狲散"的自然趋势。因为如此，所以《红楼梦》是一部自然主义的杰作。那班猜谜的红学大家不晓得《红楼梦》的真价值正在这平淡无奇的自然主义的上面,所以他们偏要绞尽心血去猜那想入非非的笨谜,所以他们偏要用尽心思去替《红楼梦》加上一层极不自然的解释。

总结上文关于"著者"的材料,凡得六条结论:

(1)《红楼梦》的著者是曹雪芹。

(2)曹雪芹是汉军正白旗人,曹寅的孙子,曹頫的儿子,生于极富贵之家,身经极繁华绮丽的生活,又带有文学与美术的遗传与环境。他会做诗,也能画,与一班八旗名士往来。但他的生活非常贫苦,他因为不得志,故流为一种纵酒放浪的生活。

(3)曹寅死于康熙五十一年。曹雪芹大概即生于此时,或稍后。

(4)曹家极盛时,曾办过四次以上的接驾的阔差,但后来家渐衰败,大概因亏空得罪被抄没。

(5)《红楼梦》一书是曹雪芹破产倾家之后,在贫困之中做的。做书的年代大概当乾隆初年到乾隆三十年左右,书未完而曹雪芹死了。

(6)《红楼梦》是一部隐去真事的自叙:里面的甄贾两宝玉,即是曹雪芹自己的化身;甄贾两府即是当日曹家的影子。(故贾府在"长安"都中,而甄府始终在江南。)

现在我们可以研究《红楼梦》的"本子"问题。现今市上通行的《红楼梦》虽有无数版本,然细细考较去,除了有正书局一本外,都是从一种底本出来的。这种底本是乾隆末年间程伟元的百二十回全本,我们叫他做"程本"。这个程本有两种本子:一种是乾隆五十七年壬子(1792)的第一次活字排本,可叫做"程甲本";一种也是乾隆五十七年壬子程家排本,是用"程甲本"来校改修正的,这个本子可叫做"程乙本"。"程甲本"我的朋友马幼渔教授藏有一部,"程乙本"我自己藏有一部。乙本远胜于甲本,但我仔细审察,不能不承认"程甲本"为外间各种《红楼梦》的底本。各本的错误矛盾都是根据于"程甲本"的。这是《红楼梦》版本史上一件最不幸的事。

此外,上海有正书局石印的一部八十回本的《红楼梦》,前面有一篇德清戚蓼生的序,我们可叫他做"戚本"。有正书局的老板在这部书的封面上题着"国初抄本《红楼梦》",又在首页题着"原本《红楼梦》"。那"国初抄本"四个字自然是大错的。那"原本"两字也不妥当。这本已有总评,有夹评,有韵文的评赞,又往往有"题"诗,有时又将评语抄入正文(如第二回),可见已是很晚的抄本,决不是"原本"了。但自程氏两种百二十回本出版以后,八十回本已不可多见。戚本大概是乾隆时无数展转传抄本之中幸而保存的一种,可以用来参校程本。故自有他的相当价值,正不必假托"国初抄本"。

《红楼梦》最初只有八十回,直至乾隆五十六年以后始有百二十回的《红楼梦》。这是无可疑的。程本有程伟元的序,序中说:

> 《石头记》是此书原名。……好事者每传抄一部置庙市中,昂其值得数十金,可谓不胫而走者矣。然原本目录一百二

十卷,今所藏只八十卷,殊非全本。即间有称全部者,及检阅仍只八十卷,读者颇以为憾。不佞以是书既有百二十卷之目,岂无全璧?爰为竭力搜罗,自藏书家甚至故纸堆中,无不留心。数年以来,仅积有二十余卷。一日,偶于鼓担上得十余卷,遂重价购之,欣然翻阅,见其前后起伏尚属接榫。(榫音笋,削木入窍名榫,又名榫头。)然漶漫不可收拾。乃同友人细加厘剔,截长补短,抄成全部,复为镌板,以公同好。《石头记》全书至是始告成矣。……小泉程伟元识。

我自己的程乙本还有高鹗的一篇序,中说:

予闻《红楼梦》脍炙人口者,几廿余年,然无全璧,无定本。……今年春,友人程子小泉过予,以其所购全书见示,且曰:"此仆数年铢积寸累之苦心,将付剞劂,公同好。子闲且惫矣,盍分任之?"予以是书虽稗官野史之流,然尚不谬于名教,欣然拜诺,正以波斯奴见宝为幸,遂襄其役。工既竣,并识端末,以告阅者。时乾隆辛亥(1791)冬至后五日铁岭高鹗叙,并书。

此序所谓"工既竣",即是程序说的"同友人细加厘扬,截长补短"的整理工夫,并非指刻板的工程。我这部程乙本还有七条"引言",比两序更重要,今节抄几条于下:

（一）是书前八十回，藏书家抄录传阅，几三十年矣。今得后四十回，合成完璧。缘友人借抄争睹者甚伙，抄录固难，刊板亦需时日，姑集活字刷印。因急欲公诸同好，故初印时不及细校，间有纰缪。今复聚集各原本，详加校阅，改订无讹。惟阅者谅之。

（一）书中前八十回，抄本各家互异。今广集核勘，准情酌理，补遗订讹。其间或有增损数字处，意在便于披阅，非敢争胜前人也。

（一）是书沿传既久，坊间缮本及诸家秘稿，繁简歧出，前后错见。即如六十七回此有彼无，题同文异，燕石莫辨。兹惟择其情理较协者，取为定本。

（一）书后四十回系就历年所得，集腋成裘，更无他本可考，惟按其前后关照者，略为修辑，使其有应接而无矛盾。至其原文，未敢臆改。俟再得善本，更为厘定，且不欲尽掩其本来面目也。

引言之末，有"壬子花朝后一日，小泉兰墅又识"一行。兰墅即高鹗。我们看上文引的两序与引言，有应该注意的几点：

（1）高序说"闻《红楼梦》脍炙人口者，几廿余年"。引言说："前八十回，藏书家抄录传阅，几三十年。"从乾隆壬子上数三十年，为乾隆二十七年壬午（1762）。今知乾隆三十年间此书已流行，可证我上文推测曹雪芹死于乾隆三十年左右之说大概无大差错。

(2)前八十回,各本互有异同。例如引言第三条"六十七回此有彼无,题同文异"。我们试用戚本六十七回与程本及市上各本的六十七回互校,果有许多异同之处,程本所改的似胜于戚本。大概程本当日确曾经过一番"广集各本核勘,准情酌理,补遗订讹"的工祭,故程本一出即成为定本,其余各抄本多被淘汰了。

(3)程伟元的序里说,《红楼梦》当日虽只有八十回,但原本却有一百二十卷的目录。这话可惜无从考证。(戚本目录并无后四十回)我从前想当时各抄本中大概有些是有后四十回目录的,但我现在对于这一层很有点怀疑了。(说详下。)

(4)八十回以后的四十回,据高、程两人的话,是程伟元历年杂凑起来的,——先得二十余卷,又在鼓担上得十余卷,又经高鹗费了几个月整理修辑的工夫,方才有这部百二十回本的《红楼梦》。他们自己说这四十回"更无他本可考",但他们又说:"至其原文,未敢臆改。"

(5)《红楼梦》直到乾隆五十六年(1791),始有一百二十回的全本出世。

(6)这个百二十回的全本最初用活字版排印,是为乾隆五十七年壬子(1792)的程本。这本又有两种小有不同的印本:(一)初印本,即程甲本,"不及细校,间有纰缪。"此本我近来见过,果然有许多纰缪矛盾的地方。(二)校正印本,即我上文所说的程乙本。

(7)程伟元的一百二十回本的《红楼梦》,即是这一百三十年来的一切印中《红楼梦》的老祖宗。后来的翻本,多经过南方人的批注，书中京话的特别俗语往往稍有改换，但没有一种翻中（除了戚本）不是从程本出来的。

这是我们现有的一百二十回本《红楼梦》的历史。这段历史里有一个大可研究的问题，就是"后四十回的著者究竟是谁"？俞樾《小浮梅闲话》考证《红楼梦》的一条说：

> 《船山诗草》有《赠高兰墅鹗同年》一首云："艳情人自说《红楼》。"注云："《红楼梦》八十回以后，俱兰墅所补。"然则此书非出一手。按乡会试增五言八韵诗，始乾隆朝。而书中叙科场事已有诗，则其为高君所补，可证矣。

俞氏这一段话极重要，他不但证明了程排本作序的高鹗是实有其人，还使我们知道《红楼梦》后四十回是高鹗补的。船山即是张船山，名问陶，是乾隆、嘉庆时代的一个大诗人。他于乾隆五十三年戊申（1788）中顺天乡试举人；五十五年庚戌（1790）成进士，选庶吉士。他称高鹗为同年，他们不是庚戌同年，便是戊申同年。但高鹗若是庚戌的新进士，次年辛亥他作《红楼梦序》不会有"闲且惫矣"的话，故我推测他们是戊申乡试的同年。后来我又在《郎潜纪闻二笔》卷一里发现一条关于高鹗的事实：

> 嘉庆辛酉京师大水，科场改九月，诗题"百川赴巨海"，……闱中罕得解。前十本将进呈，韩城王文端公以通场无知

出处为憾。房考高侍读鹗搜遗卷,得定远陈黻卷,呈丞荐,遂得南元。

辛酉(1801)为嘉庆六年。据此,我们可知高鹗后来曾中进士,为侍读,且曾做嘉庆六年顺天乡试的同考官。我想高鹗既中进士,就有法子考查他的籍贯和中进士的年份了。果然我的朋友顾颉刚先生替我在《进士题名录》上查出高鹗是镶黄旗汉军人,乾隆六十年乙卯(1795)科的进士,殿试第三甲第一名。这一件引起我注意《题名录》一类的工具,我就发愤搜求这一类的书。果然我又在清代《御史题名录》里,嘉庆十四(1809)中下,寻得一条:

高鹗,镶黄旗汉军人,乾隆乙卯进士,由内阁侍读考选江南道御史,刑科给事中。

又《八旗文经》二十三有高鹗的《操缦堂诗稿跋》一篇,末署乾隆四十七年壬寅(1782)小阳月。我们可以总合上文所得关于高鹗的材料,作一个简单的高鹗年谱如下:

乾隆四七(1782),高鹗作《操缦堂诗稿跋》。

乾隆五三(1788),中举人。

乾隆五六—五七(1791—1792),补作《红楼梦》四十回,并作序例。《红楼梦》百廿回全本排印成。

乾隆六〇(1795),中进士,殿试三甲一名。

嘉庆六(1801),高鹗以内阁侍读为顺天乡试的同考官,闱中与张问陶相遇,张作诗送他,有"艳情人自说《红楼》"之句;又有诗注,使后世知《红楼梦》八十回以后是他补的。

嘉庆一四(1809),考选江南道御史,刑科给事中。自乾隆四七至此,凡二十七年。大概他此时已近六十岁了。后四十回是高鹗补的,这话自无可疑。我们可约举几层证据如下:

第一,张问陶的诗及注,此为最明白的证据。

第二,俞樾举的"乡会试增五言八韵诗,始乾隆朝,而书中叙科场事已有诗"一项。这一项不十分可靠,因为乡会试用律诗,起于乾隆二十一、二十二年,也许那时《红楼梦》前八十回还没有做成呢。

第三,程序说先得二十余卷,后又在鼓担上得十余卷。此话便是作伪的铁证,因为世间没有这样奇巧的事!

第四,高鹗自己的序,说的很含糊,字里行间都使人生疑。大概他不愿完全埋没他补作的苦心,故引言第六条说:"是书开卷略志数语,非云弁首,实因残缺有年,一旦颠末毕具,大快人心,欣然题名,聊以记成书之幸。"因为高鹗不讳他补作的事,故张船山赠诗直说他补作后四十回的事。

但这些证据固然重要,总不如内容的研究更可以证明后四十回与前八十回决不是一个人作的。我的朋友俞平伯先生曾举出三个理由来证明后四十回的回目也是高鹗补作的。他的三个理由是:(1)和第一回自叙的话都不合,(2)史湘云的丢开,(3)不合作文时的程序。这三层之中,第三层姑且不论。第一层是很明显的:《红楼梦》的开端明说"一技无成,半生潦倒";明说"蓬牖茅椽,绳床瓦灶";岂有到了末尾说宝玉出家成仙之理?第二层也很可注意。第三十一回的回目"因麒麟伏白首双星"确是可怪!依此句看来,史湘云后来似乎应该与宝玉做夫妇,不应该此话全无照应。以此看来,我们可以推想后四十回不是曹雪芹做的了。

其实何止史湘云一个人?即如小红,曹雪芹在前八十回里极力描写这个攀高好胜的丫头,好容易他得着了凤姐的赏识,把他提拔上去了。但这样一个重要人才,岂可没有下场?况且小红同贾芸的感情,前面既经曹雪芹那样郑重描写,岂有完全没有结果之理?又如香菱的结果也决不是曹雪芹的本意。第五回的"十二钗副册"上写香菱结局道:

> 根并荷花一茎香,平生遭际实堪伤。自从两地生孤木,致使芳魂返故乡。

两地生孤木,合成"桂"字。此明说香菱死于夏金桂之手,故第八十回说香菱"血分中有病,加以气怨伤肝,内外挫折不堪,竟酿成干血之症,日渐羸瘦,饮食懒进,请医服药无效"。可见八十回的作者明明的要香菱被金桂磨折死。后四十回里却是金桂死了,香菱扶正,这岂是作者的本意吗?此外,又如第五回"十二钗"册上说凤姐的结局道:"一从二令三人木,哭向金陵事更哀。"这个谜竟无人猜得出，许多批《红楼梦》的人也都不敢下注解。所以后四十回里写凤姐的下场竟完全与这"二令三人木"无关。这个谜只好等上海灵学会把曹雪芹先生请来降坛时再来解决了！此外，又如写和尚送玉一段，文字的笨拙，令人读了作呕。又如写贾宝玉忽然肯做八股文，忽然肯去考举人，也没有道理。高鹗补《红楼梦》时，正当他中举人之后，还没有中进士。如果他补《红楼梦》在乾隆六十年，贾宝玉大概非中进士不可了！

以上所说，只是要证明《红楼梦》的后四十回确然不是曹雪芹做的。但我们平心而论，高鹗补的四十回，虽然比不上前八十回，也确然有不可埋没的好处。他写司棋之死，写鸳鸯之死，写妙玉的遭劫，写凤姐的死，写袭人的嫁，都是很有精彩的小品文字。最可注意的是这些人都写作悲剧的下场。还有那最重要的"木石前盟"一件公案，高鹗居然忍心害理的教黛玉病死，教宝玉出家，作一个大悲剧的结束，打破中国小说的团圆迷信。这一点悲剧的眼光，不能不令人佩服。我们试看高鹗以后，那许多续《红楼梦》和补《红楼梦》的人，那一个不是想把黛玉、晴雯都从棺材里扶出来，重新配给宝玉？那一个不是想做一部"团圆"的《红楼梦》的？我们这样退一步想，就不能不佩服高鹗的补本了。我们不但佩服，还应该感谢他，因为他这部悲剧的补本，靠着那个"鼓担"的神话，居然打倒了后来无数的团圆《红楼梦》，居然替中国文学保存了一部有悲剧下场的小说！

以上是我对于《红楼梦》的"著者"和"本子"两个问题的答案。

我觉得我们做《红楼梦》的考证,只能在这两个问题上着手;只能运用我们力所能搜集的材料,参考互证,然后抽出一些比较的最近情理的结论。这是考证学的方法。我在这篇文章里,处处想撇开一切先入的成见;处处存一个搜求证据的目的;处处尊重证据,让证据做向导,引我到相当的结论上去。我的许多结论也许有错误的,自从我第一次发表这篇《考证》以来,我已经改正了无数大错误了,也许有将来发现新证据后即须改正的。但我自信:这种考证的方法,除了《董小宛考》之外,是向来研究《红楼梦》的人不曾用过的。我希望我这一点小贡献,能引起大家研究《红楼梦》的兴趣,能把将来的《红楼梦》研究引到正当的轨道去:打破从前种种穿凿附会的"红学",创造科学方法的《红楼梦》研究!

            1921年3月27日,初稿

            1921年11月12日,改定稿

鲁迅

清之人情小说
清小说之四派及其末流

清之人情小说

乾隆中(一七六五年顷),有小说曰《石头记》者忽出于北京,历五六年而盛行,然皆写本,以数十金鬻于庙市。其本止八十回,开篇即叙本书之由来,谓女娲补天,独留一石未用,石甚自悼叹,俄见一僧一道,以为"形体到也是个宝物了,还只没有实在好处,须得再镌上数字,使人一见便知是奇物方妙。然后好携你到隆盛昌明之邦,诗礼簪缨之族,花柳繁华之地,温柔富贵之乡,去安身乐业"。于是袖之而去。不知更历几劫,有空空道人见此大石,上镌文词,从石之请,钞以问世。道人亦"因空见色,由色生情,传情入色,自色悟空,遂易名为情僧,改《石头记》为《情僧录》;东鲁孔梅溪则题曰《风月宝鉴》;后因曹雪芹于悼红轩中披阅十载,增删五次,纂成目录,分出章回,则题曰《金陵十二钗》,并题一绝云:'满纸荒唐言,一把辛酸泪。都云作者痴,谁解其中味?'"(戚蓼生所序八十回本之第一回)

本文所叙事则在石头城(非即金陵)之贾府,为宁国荣国二公后。宁公长孙曰敷,早死;次敬袭爵,而性好道,又让爵于子珍,弃家学仙;珍遂纵恣,有子蓉,娶秦可卿。荣公长孙曰赦,子琏,娶王熙凤;次曰政;女曰敏,适林海,中年而亡,仅遗一女曰黛玉。贾政

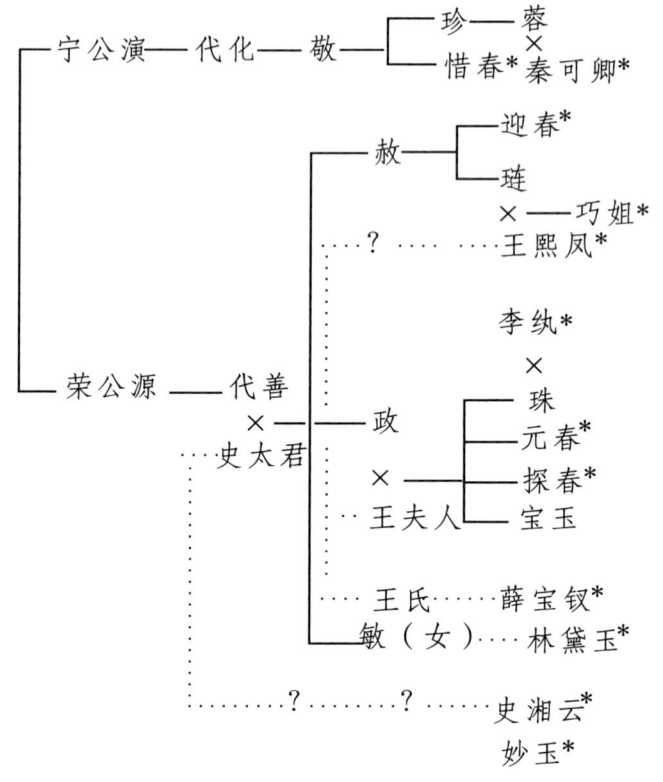

娶于王,生子珠,早卒;次生女曰元春,后选为妃;次复得子,则衔玉而生,玉又有字,因名宝玉,人皆以为"来历不小",而政母史太君尤钟爱之。宝玉既七八岁,聪明绝人,然性爱女子,常说,"女儿是水作的骨肉,男人是泥作的骨肉"。人于是又以为将来且为"色鬼";贾政亦不甚爱惜,驭之极严,益缘"不知道这人来历。……若非多读书识字,加以致知格物之功,悟道参玄之力者,不能知也"(戚本第二回贾雨村云)。而贾氏实亦"闺阁中历历有人",主从之外,姻连亦众,如黛玉宝钗,皆来寄寓,史湘云亦时至,尼妙玉则习静于后园。上即贾氏谱大要,用虚线者其姻连,著×者夫妇,著﹡者在"金陵十二钗"之数者也。

事即始于林夫人(贾敏)之死,黛玉失怙,又善病,遂来依外家,时与宝玉同年,为十一岁。已而王夫人女弟所生女亦至,即薛宝钗,较长一年,颇极端丽。宝玉纯朴,并爱二人无偏心,宝钗浑然不觉,而黛玉稍恚。一日,宝玉倦卧秦可卿室,遽梦入太虚境,遇警幻仙,阅《金陵十二钗正册》及《副册》,有图有诗,然不解。警幻命奏新制《红楼梦》十二支,其末阕为《飞鸟各投林》,词有云:

"为官的,家业凋零;富贵的,金银散尽。有恩的,死里逃生;无情的,分明报应。欠命的命已还,欠泪的泪已尽!……看破的,遁入空门;痴迷的,枉送了性命。好一似,食尽鸟投林:落了片白茫茫大地真干净!"(戚本第五回)

然宝玉又不解,更历他梦而寤。迨元春被选为妃,荣公府愈贵盛,及其归省,则辟大观园以宴之,情亲毕至,极天伦之乐。宝玉亦渐长,于外昵秦钟、蒋玉函,归则周旋于姊妹中表以及侍儿如袭人、晴雯、平儿、紫鹃辈之间,昵而敬之,恐拂其意,爱博而心劳,而忧患亦日甚矣。

这日,宝玉因见湘云渐愈,然后去看黛玉。正值黛玉才歇午觉,宝玉不敢惊动。因紫鹃正在回廊上手里做针线,便上来问他,"昨日夜里咳嗽的可好些?"紫鹃道,"好些了。"(宝玉道,"阿弥陀佛,宁可好了罢。"紫鹃笑道,"你也念起佛来,真是新闻。")宝玉笑道,"所谓'病笃乱投医'了。"一面说,一面见他穿着弹墨绫子薄绵袄,外面只穿着青缎子夹背心,宝玉便伸手向他身上抹了一抹,说,"穿的这样单薄,还在风口里坐着。春风才至,时气最不好。你再病了,越发难了。"紫鹃便说道,"从此咱们只可说话,别动手动脚的。一年大二年小的,叫人看着不尊重;又打着那起混帐行子们背地里说你。你总不留心,还只管合小时一般行为,如何使得?姑娘常常吩咐我们,不叫合你说笑。你近来瞧他,远着你,还恐远不及呢。"说着,便起身,携了针线,进别房去了。宝玉见了这般景况,心中忽觉浇了一盆冷水一般,只看着竹子发了回呆。因祝妈正来挖笋修竿,便忙忙走了出来,一时魂魄失守,心无所知,随便坐在一块石上出神,不觉滴下泪来。直呆了五六顿饭工夫,千思万想,总不知如何是好。偶值雪雁从王夫人房中取了人参来,从此经过……便走过来,蹲下笑道,"你在这里作什么呢?"宝玉忽见了雪雁,便说道,"你又作什么来招我?你难道不是女儿?他既防嫌,总不许你们理我,你又来寻我,倘被人看见,岂不又生口舌?你快家去罢。"雪雁听了,只当他又受了黛玉的委屈,只得回至房中,黛玉未醒,将人参交与紫鹃。……雪雁道,"姑娘还没醒呢,是谁给了宝玉气受?坐在那里哭呢。"……紫鹃听说,忙放下针线……一直来寻宝玉。走到宝玉跟前,含笑说道,

"我不过说了两句话,为的是大家好。你就赌气,跑了这风地里来哭,作出病来唬我。"宝玉忙笑道,"谁赌气了?我因为听你说的有理,我想你们既这样说,自然别人也是这样说,将来渐渐的都不理我了。我所以想着自己伤心。"……(戚本第五十七回,括弧中句据程本补。)

然荣公府虽煊赫,而"生齿日繁,事务日盛,主仆上下,安富尊荣者尽多,运筹谋画者无一,其日用排场,又不能将就省俭",故"外面的架子虽未甚倒,内囊却也尽上来了"。(第二回)颓运方至,变故渐多;宝玉在繁华丰厚中,且亦屡与"无常"觌面,先有可卿自经;秦钟夭逝;自又中父妾厌胜之术,几死;继以金钏投井;尤二姐吞金;而所爱之侍儿晴雯又被遣,随殁。悲凉之雾,遍被华林,然呼吸而领会之者,独宝玉而已。

……他便带了两个小丫头到一石后,也不怎么样,只问他二人道,"自我去了,你袭人姐姐可打发人瞧晴雯姐姐去了不曾?"这一个答道,"打发宋妈妈瞧去了。"宝玉道,"回来说什么?"小丫头道,"回来说晴雯姐姐直着脖子叫了一夜,今儿早起就闭了眼,住了口,人事不知,也出不得一声儿了,只有倒气的分儿了。"宝玉忙问道,"一夜叫的是谁?"小丫头子道,("一夜叫的是娘。"宝玉拭泪道,"还叫谁?"小丫头说,)"没有听见叫别人。"宝玉道,"你糊涂,想必没听真。"……(因又想:)"虽

清之人情小说　139

然临终未见,如今且去灵前一拜,也算尽这五六年的情肠。"……遂一径出园,往前日之处来,意为停柩在内。谁知他哥嫂见他一咽气,便回了进去,希图得几两发送例银。王夫人闻知,便赏了十两银子;又命"即刻送到外头焚化了罢。'女儿痨'死的,断不可留!"他哥嫂听了这话,一面就雇了人来入殓,抬往城外化人厂去了。……宝玉走来扑了个空……自立了半天,别没法儿,只得翻身进入园中,待回自房,甚觉无趣,因乃顺路来找黛玉,偏他不在房中。……又到蘅芜院中,只见寂静无人。……仍往潇湘馆来,偏黛玉尚未回来。……正在不知所以之际,忽见王夫人的丫头进来找他,说,"老爷回来了,找你呢。又得了好题目来了,快走快走!"宝玉听了,只得跟了出来。……彼时贾政正与众幕友谈论寻秋之胜;又说,"临散时忽然谈及一事,最是千古佳谈,'风流俊逸忠义慷慨'八字皆备。到是个好题目,大家都要作一首挽词。"众人听了,都忙请教是何等妙题。贾政乃说,"近日有一位恒王,出镇青州。这恒王最喜女色,且公余好武,因选了许多美女,日习武事。……其姬中有一姓林行四者,姿色既冠,且武艺更精,皆呼为林四娘。恒王最得意,遂超拔林四娘统辖诸姬,又呼为姽婳将军。"众清客都称,"妙极神奇!竟以'姽婳'下加'将军'二字,更觉妩媚风流,真绝世奇文!想这恒王也是第一风流人物了。"……(戚本第七十八回,括弧中句据程本补。)

《石头记》结局,虽早隐现于宝玉幻梦中,而八十回仅露"悲音",殊难必其究竟。比乾隆五十七年(一七九二),乃有百二十回之排印本出,改名《红楼梦》,字句亦时有不同,程伟元序其前云,"……然原本目录百二十卷,……爰为竭力搜罗,自藏书家甚至故纸堆中,无不留心。数年以来,仅积有二十余卷。一日,偶于鼓担上得十余卷,遂重价购之。……然漶漫不可收拾,乃同友人细加厘剔,截长补短,钞成全部,复为镌板以公同好。《石头记》全书至是始告成矣。"友人盖谓高鹗,亦有序,末题"乾隆辛亥冬至后一日",先于程序者一年。

　　后四十回虽数量止初本之半,而大故迭起,破败死亡相继,与所谓"食尽鸟飞独存白地"者颇符,惟结末又稍振。宝玉先失其通灵玉,状类失神。会贾政将赴外任,欲于宝玉娶妇后始就道,以黛玉羸弱,乃迎宝钗。姻事由王熙凤谋画,运行甚密,而卒为黛玉所知,咯血,病日甚,至宝玉成婚之日遂卒。宝玉知将婚,自以为必黛玉,欣然临席,比见新妇为宝钗,乃悲叹复病。时元妃先薨;贾赦以"交通外官倚势凌弱"革职查抄,累及荣府;史太君又寻亡;妙玉则遭盗劫,不知所终;王熙凤既失势,亦郁郁死。宝玉病亦加,一日垂绝,忽有一僧持玉来,遂苏,见僧复气绝,历噩梦而觉;乃忽改行,发愤欲振家声,次年应乡试,以第七名中式。宝钗亦有孕,而宝玉忽亡去。贾政既葬母于金陵,将归京师,雪夜泊舟毗陵驿,见一人光头赤足,披大红猩猩毡斗篷,向之下拜。审视知为宝玉。方欲就语,忽来一僧一道,挟以俱去。且不知何人作歌,云"归大荒",追之无有,"只见白茫茫一片旷野"而已。"后人见了这本传奇,亦曾题过四句,为作者缘起之言更进一竿云:'说到酸辛事,荒唐愈可悲,由来同一梦,休笑世人痴。'"(第一百二十回)

全书所写,虽不外悲喜之情,聚散之迹,而人物事故,则摆脱旧套,与在先之人情小说甚不同。如开篇所说:

> 空空道人遂向石头说道,"石兄,你这一段故事……据我看来:第一件,无朝代年纪可考;第二件,并无大贤大忠,理朝廷治风俗的善政。其中只不过几个异样女子——或情,或痴,或小才微善——亦无班姑蔡女之德能。我纵钞去,恐世人不爱看呢。"
>
> 石头笑曰,"我师何太痴也!若云无朝代可考,今我师竟假借汉唐等年纪添缀,又有何难?但我想历来野史,皆蹈一辙;莫如我不借此套,反到新鲜别致,不过只取其事体情理罢了。……历来野史,或讪谤君相,或贬人妻女,奸淫凶恶,不可胜数。……至若才子佳人等书,则又千部共出一套,且其中终不能不涉于淫滥,以致满纸'潘安子建','西子文君';……且环婢开口,即'者也之乎',非文即理,故逐一看去,悉皆自相矛盾,大不近情理之说。竟不如我半世亲睹亲闻的这几个女子,虽不敢说强似前代所有书中之人,但事迹原委,亦可以消愁破闷也。……至若离合悲欢,兴衰际遇,则又追踪蹑迹,不敢稍加穿凿,徒为哄人之目,而反失其真传者。……"(戚本第一回)

盖叙述皆存本真,闻见悉所亲历,正因写实,转成新鲜。而世人忽略此言,每欲别求深义,揣测之说,久而遂多。今汰去悠谬不足辩,如谓是刺和坤(《谭瀛室笔记》)、藏谶纬(《寄蜗残赘》)、明易象(《金玉缘》评语之类,而著其世所广传者于下:

一,纳兰成德家事说。自来信此者甚多。陈康祺(《燕下乡脞录》五)记姜宸英典康熙己卯顺天乡试获咎事,因及其师徐时栋(号柳泉)之说云,"小说《红楼梦》一书,即记故相明珠家事,金钗十二,皆纳兰侍御所奉为上客者也,宝钗影高澹人;妙玉即影西溟先生:'妙'为'少女','姜'亦妇人之美称;'如玉''如英',义可通假。……"侍御谓明珠之子成德,后改名性德,字容若。张维屏(《诗人征略》)云,"贾宝玉盖即容若也;《红楼梦》所云,乃其髫龄时事。"俞樾(《小浮梅闲话》)亦谓其"中举人止十五岁,于书中所述颇合"。然其他事迹,乃皆不符;胡适作《红楼梦考证》(《文存》三),已历正其失。最有力者,一为姜宸英有《祭纳兰成德文》,相契之深,非妙玉于宝玉可比;一为成德死时年三十一,时明珠方贵盛也。

二,清世祖与董鄂妃故事说。王梦阮、沈瓶庵合著之,《红楼梦索隐》为此说。其提要有云,"盖尝闻之京师故老云,是书全为清世祖与董鄂妃而作,兼及当时诸名王奇女也。……"而又指董鄂妃为即秦淮旧妓嫁为冒襄妾之董小宛,清兵下江南,掠以北,有宠于清世祖,封贵妃,已而殀逝;世祖哀痛,乃遁迹五台山为僧云。孟森作《董小宛考》(《心史丛刊》三集),则历摘此说之谬,最有力者为小宛生于明天启甲子,若以顺治七年入宫,已二十八岁矣,而其时清世祖方十四岁。

三,康熙朝政治状态说。此说即发端于徐时栋,而大备于蔡元培之《石头记索隐》。开卷即云,"《石头记》者,清康熙朝政治小说也。作者持民族主义甚挚,书中本事,在吊明之亡,揭清之失,而尤于汉族名士仕清者寓痛惜之意。……"于是比拟引申,以求其合,以"红"为影"朱"字;以"石头"为指金陵;以"贾"为斥伪朝;以"金陵十二钗"为拟清初江南之名士:如林黛玉影朱彝尊,王熙凤影余国柱,史湘云影陈维崧,宝钗妙玉则从徐说,旁征博引,用力甚勤。然胡适既考得作者生平,而此说遂不立,最有力者即曹雪芹为汉军,而《石头记》实其自叙也。

然谓《红楼梦》乃作者自叙,与本书开篇契合者,其说之出实最先,而确定反最后。嘉庆初,袁枚(《随园诗话》二)已云,"康熙中,曹练亭为江宁织造,……其子雪芹撰《红楼梦》一书,备记风月繁华之盛。中有所谓大观园者,即余之随园也。"末二语盖夸,余亦有小误(如以栋为练,以孙为子),但已明言雪芹之书,所记者其闻见矣。而世间信者特少,王国维(《静庵文集》)且诘难此类,以为"所谓'亲见亲闻'者,亦可自旁观者之口言之,未必躬为剧中之人物"也,迨胡适作考证,乃较然彰明,知曹雪芹实生于荣华,终于苓落,半生经历,绝似"石头",著书西郊,未就而没;晚出全书,乃高鹗续成之者矣。

雪芹名霑,字芹溪,一字芹圃,正白旗汉军。祖寅,字子清,号栋亭,康熙中为江宁织造。清世祖南巡时,五次以织造署为行宫,后四次皆寅在任。然颇嗜风雅,尝刻古书十余种,为时所称;亦能文,所著有《栋亭诗钞》五卷、《词钞》一卷(《四库书目》)、传奇二种(《在园杂志》)。寅子頫,即雪芹父,亦为江宁织造,故雪芹生于南京。时盖康熙末。雍正六年,頫卸任,雪芹亦归北京,时约十岁。然不知何因,是后曹氏似遭巨变,家顿落,雪芹至中年,乃至贫居西郊,啜饘粥,但犹傲兀,时复纵酒赋诗,而作《石头记》盖亦此际。乾隆二十七年,子殇,雪芹伤感成疾,至除夕,卒,年四十余(一七一九?——一七六三)。其《石头记》尚未就,今所传者止八十回(详见《胡适文选》)。

言后四十回为高鹗作者,俞樾(《小浮梅闲话》)云,"《船山诗草》有《赠高兰墅鹗同年》一首云,'艳情人自说《红楼》。'注云,'《红楼梦》八十回以后,俱兰墅所补。'然则此书非出一手。按乡会试增五言八韵诗,始乾隆朝,而书中叙科场事已有诗,则其为高君所补可证矣。"然鹗所作序,仅言"友人程子小泉过予,以其所购全书见示,且曰,'此仆数年铢积寸累之辛心,将付剞劂,公同好。子闲且惫矣,盍分任之。'予以是书……尚不背于名教,……遂襄其役。"盖不欲明言己出,而寮友则颇有知之者。鹗即字兰墅,镶黄旗汉军,乾隆戊申举人,乙卯进士,旋入翰林,官侍读,又尝为嘉庆辛酉顺天乡试同考官。其补《红楼梦》当在乾隆辛亥时,未成进士,"闲且惫矣",故于雪芹萧条之感,偶或相通。然心志未灰,则与所谓"暮年之人,贫病交攻,渐渐的露出那下世光景来"(戚本第一回)者又绝异。是以续书虽亦悲凉,而贾氏终于"兰桂齐芳",家业复起,殊不类茫茫白地,真成干净者矣。

续《红楼梦》八十回本者,尚不止一高鹗。俞平伯从戚蓼生所序之八十回本旧评中抉剔,知先有续书三十回,似叙贾氏子孙流散,宝玉贫寒不堪,"悬崖撒手",终于为僧;然其详不可考(《红楼梦辨》下有专论)。或谓"戴君诚夫见一旧时真本,八十回之后,皆与今本不同,荣宁籍没后,皆极萧条;宝钗亦早卒,宝玉无以作家,至沦于击柝之流。史湘云则为乞丐,后乃与宝玉仍成夫妇。……闻吴润生中丞家尚藏有其本。"(蒋瑞藻《小说考证》七引《续阅微草堂笔记》)此又一本,盖亦续书。二书所补,或俱未契于作者本怀,然长夜无晨,则与前书之伏线亦不背。

此他续作,纷纭尚多,如《后红楼梦》《红楼后梦》《续红楼梦》《红楼复梦》《红楼梦补》《红楼补梦》《红楼重梦》《红楼再梦》《红楼幻梦》《红楼圆梦》《增补红楼》《鬼红楼》《红楼梦影》等。大率承高鹗续书而更补其缺陷,结以"团圆";甚或谓作者本以为书中无一好人,因而钻刺吹求,大加笔伐。但据本书自说,则仅乃如实抒写,绝无讥弹,独于自身,深所忏悔。此固常情所嘉,故《红楼梦》至今为人爱重,然亦常情所怪,故复有人不满,奋起而补订圆满之。此足见人之度量相去之远,亦曹雪芹之所以不可及也。仍录彼语,以结此篇:

……作者自云:因曾历过一番梦幻之后,故将真事隐去,而借"通灵"之说,撰此《石头记》一书也。……自又云:今风尘碌碌,一事无成,忽念及当日所有之女子,一一细考较去,觉其行止见识,皆出于我之上。何我堂堂须眉,诚不若彼裙钗女子?实愧则有余,悔又无益,是大无可如何之日也。当此,则自欲将已往所赖天恩祖德,锦衣纨袴之时,饫甘餍肥之日,背父兄教育之恩,负师友规训之德,以致今日一技无成,半生潦倒之罪,编述一集,以告天下人。我之罪固不免,然闺阁中本自历历有人,万不可因我之不肖,自己护短,一并使其泯灭。虽今日之茅椽蓬牖,瓦灶绳床,其晨夕风露,阶柳庭花,亦未有妨我之襟怀,束笔阁墨;虽我未学,下笔无文,又何妨用俚语村言,敷衍出一段故事来,亦可使闺阁照传,复可悦世之目,破人愁闷,不亦宜乎?……(戚本第一回)

清小说之四派及其末流

人情派。此派小说，即可以著名的《红楼梦》做代表。《红楼梦》其初名《石头记》，共有八十回，在乾隆中年忽出现于北京。最初皆抄本，至乾隆五十七年，才有程伟元刻本，加多四十回，共一百二十回，改名叫《红楼梦》。据伟元说：乃是从旧家及鼓担上收集而成全部的。至其原本，则现在已少见，惟现有一石印本，也不知究是原本与否。《红楼梦》所叙为石头城中——未必是今之南京——贾府的事情。其主要者为荣国府的贾政生子宝玉，聪明过人，而绝爱异性；贾府中实亦多好女子，主从之外，亲戚也多，如黛玉，宝钗等，皆来寄寓，史湘云亦常来。而宝玉与黛玉爱最深；后来政为宝玉娶妇，却迎了宝钗，黛玉知道以后，吐血死了。宝玉亦郁郁不乐，悲叹成病。其后宁国府的贾赦革职查抄，累及荣府，于是家庭衰落，宝玉竟发了疯，后又忽而改行，中了举人。但不多时，忽又不知所往了。后贾政因葬母路过毗陵，见一人光头赤脚，向他下拜，细看就是宝玉；正欲问话，忽来一僧一道，拉之而去。追之无有，但见白茫茫一片荒野而已。

《红楼梦》的作者，大家都知道是曹雪芹，因为这是书上写着的。至于曹雪芹是何等样人，却少有人提起过；现经胡适之先生的考证,我们可以知道大概了。雪芹名霑,一字芹圃,是汉军旗人。他的祖父名寅,康熙中为江宁织造。清世祖南巡时,即以织造局为行宫。其父頫,亦为江宁织造。我们由此就知道作者在幼时实在是一个大世家的公子。他生在南京。十岁时,随父到了北京。此后中间不知因何变故,家道忽落。雪芹中年,竟至穷居北京之西郊,有时还不得饱食。可是他还纵酒赋诗,而《红楼梦》的创作,也就在这时候。可惜后来他因为儿子夭殇,悲恸过度,也竟死掉了——年四十余——《红楼梦》也未得做完,只有八十回。后来程伟元所刻的,增至一百二十回,虽说是从各处搜集的,但实则其友高鹗所续成,并不是原本。

对于书中所叙的意思,推测之说也很多。举其较为重要者而言:(一)是说记纳兰性德的家事,所谓金钗十二,就是性德所奉为上客的人们。这是因为性德是词人,是少年中举,他家后来也被查抄,和宝玉的情形相仿佛,所以猜想出来的。但是查抄一事,宝玉在生前,而性德则在死后,其他不同之点也很多,所以其实并不很相像。(二)是说记顺治与董鄂妃的故事;而又以鄂妃为秦淮旧妓董小宛。清兵南下时,掠小宛到北京,因此有宠于清世祖,封为贵妃;后来小宛夭逝,清世祖非常哀痛,就出家到五台山做了和尚。《红楼梦》中宝玉也做和尚,就是分明影射这一段故事。但是董鄂妃是满洲人,并非就是董小宛,清兵下江南的时候,小宛已经二十八岁了;而顺治方十四岁,决不会有把小宛做妃的道理。所以这一说也不通的。(三)是说叙康熙朝政治底状态的;就是以为石头记是政治小说,书中本事,在吊明之亡,而揭清之失。如以"红"影"朱"字,以"石头"指"金陵",以"贾"斥伪朝——即斥"清",以金陵十二钗讥降清之名士。然此说未免近于穿凿,况且现在既知道作者既是汉军旗人,似乎不至于代汉人来抱亡国之痛的。(四)是说自叙;此说出来最早,而信者最少,现在可是多起来了。因为我们已知道雪芹自己的境遇,很和书中所叙相合。雪芹的祖父、父亲,都做过江宁织造,其家庭之豪华,实和贾府略同;雪芹幼时又是一个佳公子,有似于宝玉;而其后突然穷困,假定是被抄家或近于这一类事故所致,情理也可通——由此可知《红楼梦》一书,说是大部分为作者自叙,实是最为可信的一说。

至于说到《红楼梦》的价值,可是在中国底小说中实在是不可多得的。其要点在敢于如实描写,并无讳饰,和从前的小说叙好人完全是好,坏人完全是坏的,大不相同,所以其中所叙的人物,都是真的人物。总之自有《红楼梦》出来以后,传统的思想和写法都打破了。——它那文章的旖旎和缠绵,倒是还在其次的事。但是反对者却很多,以为将给青年以不好的影响。这就因为中国人看小说,不能用赏鉴的态度去欣赏它,却自己钻入书中,硬去充一个其中的脚色。所以青年看《红楼梦》,便以宝玉、黛玉自居;而年老人看去,又多占据了贾政管束宝玉的身分,满心是利害的打算,别的什么也看不见了。

《红楼梦》而后,续作极多:有《后红楼梦》《续红楼梦》《红楼后梦》《红楼复梦》《红楼补梦》《红楼重梦》《红楼幻梦》《红楼圆梦》

……大概是补其缺陷,结以团圆。直到道光年中,《红楼梦》才谈厌了。但要叙常人之家,则佳人又少,事故不多,于是便用了《红楼梦》的笔调,去写优伶和妓女之事情,场面又为之一变。这有《品花宝鉴》,《青楼梦》可作代表。《品花宝鉴》是专叙乾隆以来北京底优伶的。其中人物虽与《红楼梦》不同,而仍以缠绵为主;所描写的伶人与狎客,也和佳人与才子差不多。《青楼梦》全书都讲妓女,但情形并非写实的,而是作者的理想。他以为只有妓女是才子的知己,经过若干周折,便即团圆,也仍脱不了明末的佳人才子这一派。到光绪中年,又有《海上花列传》出现,虽然也写妓女,但不像《青楼梦》那样的理想,却以为妓女有好、有坏,较近于写实了。一到光绪末年,《九尾龟》之类出,则所写的妓女都是坏人,狎客也像了无赖,与《海上花列传》又不同。这样,作者对于妓家的写法凡三变,先是溢美,中是近真,临末又溢恶,并且故意夸张,谩骂起来;有几种还是诬蔑,讹诈的器具。人情小说底末流至于如此,实在是很可以诧异的。